Vanessa Rm7
1994

JOAQUÍN BORRELL

LA LÁGRIMA DE ATENEA

CÍRCULO DE LECTORES

I

La mañana avanzaba inmisericorde, como atestiguaba el gorjeo de los pájaros sobre el templo de Pomona. Según mi experiencia en la materia, los pájaros romanos no improvisaban jamás sus trinos en la algarabía individualista que caracteriza a sus congéneres. Eran aves metódicas, de voces disciplinadamente aunadas, que se dedicaban con machacona insistencia al repaso de la segunda declinación. Así, tras el inicial «píus, píe, píum», se recreaban en el «pii» del genitivo y remachaban dativo y ablativo con un «pío pío» inconfundible.

Entreabrí un párpado, interrumpiendo tan profundas cavilaciones, y apreté contra las sienes el pañuelo mojado dispuesto por la solícita servidumbre. La noche anterior, en cumplimiento de los deberes de mi oficio, había asistido a una orgía más que animada en la quinta de Publio Antonio; y su encomiable vino corintio, misteriosamente cristalizado en luengas agujas, taladraba en aquellos momentos mi cerebro, con detrimento de la nitidez sensorial que debe acompañar al exquiriente.

Ejecuté el aseo personal, despaché el desayuno con frugalidad lacónica —a la que no era ajeno el empacho producido por los gazapos en almíbar del banquete— y asomé sobre la rotonda del jardín, destinada en el buen tiempo a sala de espera de la clientela. Una prometedora cabellera pelirroja, derramada sobre unos hombros alabastrinos, embellecía la habitual colección de calvas romanas, en las que el sol arrancaba destellos cegadores.

Ajusté mi clámide y bajé las escaleras hacia el consultorio. La esclava Caléndula acudió a mi encuentro con la habitual tablilla de cera bajo el brazo.

—Un publicano extorsionado por anónimos —resumió—; tres maridos con sospechas, dos desapariciones y un envenenamiento mediante ostras caducadas.

—¿Qué hace mi tío Alcímenes?

—Ha ordenado que no se le moleste. Espera a un embajador del Bósforo.

—Pasa a la pelirroja —decidí.

Me acomodé sobre mi mesa. Más allá del ventanal, un desapacible viento latino batía el frontón del templo de Pomona. Los romanos circulaban entre sus columnas con los andares acelerados, en perpetua imitación de una carga legionaria, que singularizan a la especie. En un extremo del despacho, sobre una columna dórica, la diosa Palas Atenea me contemplaba con reproche desde el esmalte de un ánfora, como si censurase mi demora en el retorno, diferido mes a mes, a nuestra madre Ática.

Guiñé un ojo a mi olímpica paisana y, escuchando pasos en el comedor, me esforcé por ahuyentar el dolor de cabeza y recibir a la pelirroja con mi mejor sonrisa profesional. Mas fue la esclava Majé quien asomó su flequillo rubio.

—Tu tío te reclama —manifestó.

—Dile que iré en cuanto pueda. La mañana se presenta ajetreada.

—Anticipó que contestarías eso. Está con el embajador del Bósforo. Por lo visto es importante.

Sin más pausa que la necesaria para encogerme de hombros, crucé el pasillo con diligentes zancadas y penetré en el despacho de mi consanguíneo. Éste enmarcaba su bronceada figura, algo encanecida en los últimos tiempos, entre la colección de estelas conmemorativas, placas de agradecimiento y trofeos varios que en homenaje a sus éxitos recargaban las paredes. Siempre eché a faltar en su decoración un poco de sobriedad helénica, pero al fin y al cabo mi tío era un tebano a quien no podía exigírsele el gusto depurado de un verdadero ateniense.

Su visitante alzó la vista en mi dirección. Era un sujeto calvo y rechoncho, en todo semejante a una estatua de Sócrates acometida por algún oculto pesar. Lucía un hilarante atuendo consistente en una clámide pasadísima de moda, teñida de un horrendo anaranjado, y dos estrafalarios cilindros de tela dorada en que embutía sus piernas, a juego con sus botas puntiagudas.

—Mi sobrino y asociado, Diomedes de Atenas —presentó Alcímenes—. El embajador del Bósforo Cimerio nos honra con su visita.

Rebusqué en mi memoria escolar sin ningún éxito. Mi preceptor debió de hablar de tal país mientras yo, enmascarado tras mi expresión más atenta, dibujaba jugadores de harpastum.

—¿En la Propóntida? —aventuré.

El visitante reprodujo fielmente la expresión del preceptor ante las respuestas más desafortunadas.

—Al norte —corrigió—; como el reino del aquilón, en que el alción alza el vuelo; en el Quersoneso Táurico, junto a la inmensa estepa cuajada de escarcha —completó, con el ritmo preciso de los hexámetros de Homero.

Traté vanamente de descifrar el mensaje.

—Donde el viento da la vuelta —resumió mi tío—. En los siglos de nuestra expansión constituyó la colonia griega más nororiental, junto a la fabulosa Cólquida de nuestras leyendas.

—El país del vellocino de oro —recordé.

El embajador asintió triunfalmente.

—Helenos continúan siendo nuestra sangre, nuestra lengua y nuestro corazón —proclamó sobre los flecos de una barba rizadísima que ningún griego habría osado exhibir en público desde el final de las guerras médicas—. Aunque hoy nuestro irbis cace a la sombra del águila romana.

—Quiere decir que su reino es aliado de Roma —tradujo otra vez Alcímenes—. El irbis, o pantera de las nieves, es su animal emblemático. Una fiera hermosísima.

—Voy a ampliar enormemente mi cultura durante esta sesión —celebré—. Pero he dejado esperando a la pelirroja... quiero decir que la sala de espera se encuentra algo abarrotada y agradecería que pasáramos de una vez al enigma.

El embajador inspiró profundamente, como un rapsoda antes de pulsar la lira.

—Blancos lirios pueblan la cabeza de nuestro rey —comenzó.

—¿Es un anciano o se pone flores en el pelo? —me aseguré.

—El peso de los años comba su figura; como el fruto abundante encorva los manzanos. Pero el príncipe Polemón no ceñirá sus sienes con la diadema regia.

Suspiré para mis adentros. Para seguir la conversación con el bosforiano no eran aconsejables las libaciones con vino corintio en la víspera; ni aun probablemente en los tres meses anteriores.

—Quieres decir que su heredero ha muerto —razoné.

—La flecha de Diana fulgió; y los fragmentos del blasfemo volaron por el bosque sagrado, como las gaviotas ante el mascarón de la nave.

Me decidí a cortar por lo sano:

—Nuestro oficio consiste en resolver enigmas —interpelé al barbudo—. Pero eso no quiere decir que disfrutemos con un acertijo a cada parpadeo.

—El Bósforo Cimerio es una región remota, aislada del mundo civilizado durante siglos —me interrumpió mi tío—. Supongo que nuestro griego sonará en los oídos del embajador como una jerga portuaria.

El aludido afirmó elocuentemente con la cabeza.

—Por otro lado —confirmó mi tío— su última frase ha sido de una admirable concisión: el príncipe Polemón, heredero de la corona, ha sido despedazado en un recinto consagrado a Diana; y los indicios apuntan a que la desgracia se debió a un rayo de la diosa, probablemente enojada por la profanación del territorio prohibido.

El bosforiano volvió a asentir.

—Narraré la historia completa —ofreció—. Y en vuestro honor emplearé un lenguaje sin metáforas, directo como la trayectoria de una lanza.

—Todo es cuestión de acostumbrarse —animé—, y de economizar los comparativos para las ocasiones más solemnes.

—Era una animada cacería en las afueras de Navarís.

—Una antigua ciudad fortificada junto al río Tanais, a varias leguas de la costa —especificó mi tío—. Junto al territorio de los salvajes escitas.

—La partida descansaba en un claro, cerca del templo de Diana —reanudó el bosforiano—. Se levanta en medio del bosque sagrado, sobre una colina cortada a pico como los muros de Ilion. Es un símil oportuno —se justificó el barbudo—. De pronto el príncipe echó a correr, con el arco en la mano, y entre la consternación general se adentró en la maleza.

—¿A qué se debía la consternación?

—Según nuestras leyes, sólo las mujeres vírgenes pueden acceder al bosque. La infracción de esta norma se castiga con exilio perpetuo, si se trata de un noble, o con muerte por inmersión en las heladas aguas del Tanais. El príncipe no era obviamente una mujer: resultaba igual de notorio que tampoco era virgen; y la norma no admite excepciones. Entonces partió el rayo.

—¿De dónde?

—Del vértice del templo. Fue un chorro de luz blanca, más veloz que la mirada y ardiente como el fuego. Hubo un estampido terrorífico; y aunque la maleza había ocultado al príncipe, nadie dudó que su audacia había sido castigada.

—¿Quién lo comprobó? —indagué—. Quien entrase en el bosque se exponía a la misma pena.

—Las sacerdotisas del templo bajaron de su retiro y llevaron los sangrientos despojos a los pies de la princesa Iridia, la hermana del fallecido —amplió el embajador. Hizo una pausa y agregó en tono quedo—: Los pedazos del príncipe estaban mezclados con los de un ciervo, incluida una poderosa cornamenta.

—De un ciervo igualmente sagrado —supuso mi tío.

—Quien intente cazarlos debe ser descuartizado, sin discriminaciones por razón del rango. Según todos los indicios la diosa anticipó la ejecución.

Alcímenes se frotó suavemente la barbilla.

—Interesante —definió.

—Y remunerativo —agregó nuestro visitante—. La princesa Iridia promete su peso en oro a quien demuestre que no fue la diosa quien mató a Polemón.

Asimilé la propuesta durante unos instantes.

—¿Es una de tus metáforas o una oferta contractual? —me cercioré.

—Firme como los cimientos del Cáucaso.

—¿El peso de la princesa o el del investigador?

—Pesado con sus botas y su manto de viaje.

—¿Y si fuese cierta la versión de la flecha de Diana? —me interesé.

—Habríais hecho un viaje placentero; conocido una tierra remota, de belleza deslumbrante; y gozado del privilegio de ser presentados a la princesa Iridia. Y os aseguro que es una experiencia excitante como el hidromiel fermentado.

—Te refieres a la princesa —verifiqué.

—Fragante como el jazmín e inquietante como la pantera. Mi galera aguarda en el puerto, pertrechada para el largo viaje.

—¿Por qué te envía Iridia y no el rey? —intervino Alcímenes.

—Ya os dije que nuestro monarca es muy mayor. Se halla... ¿cómo diría?

—Las telarañas crecen en su mente como en los rincones de un granero —propuse.

El barbudo aprobó con la mirada mis progresos en bosforiano.

—A decir verdad —amplió—, mi misión es altamente confidencial. Oficialmente el caso se halla cerrado. Pero la princesa desconfía. Se educó en Alejandría —justificó el embajador—. Por otra parte alberga ciertos motivos personales, que ella misma te explicará, para perseguir un absoluto esclarecimiento de los hechos. Por eso desea que un exquiriente experto, de discreción contrastada y sagacidad internacionalmente reconocida, los revise.

No pude menos que asentir ante tan excluyente definición.

—Mi tío es la persona indicada —aseguré mientras Alcímenes, con perfecta sincronía, manifestaba:

—Mi sobrino es la persona indicada. —El embajador nos contempló con desconcierto—. Discúlpanos un momento —rogó mi consanguíneo.

Y con una señal me indicó que le acompañara al pasillo.

—No reúno ni una sola de las cualidades exigidas —me apresuré a declarar—. Nadie ha constatado mi discreción; y apenas si empiezan a conocerme en el Janículo.

—Tienes experiencia en diosas asesinas —recordó mi tío—. Ya te enfrentaste con Némesis; muy brillantemente por cierto.

—Todos los culpables escaparon mientras yo me dedicaba a salvar a Baiasca —opuse; e incurrí en el breve silencio recordatorio que solía seguir a cada mención de nuestra ex esclava.

—Desenmascaraste el fraude; y gracias a tu resolución Baiasca está ahora libre en su querida tierra de los cémpsicos. Además, llevas casi un año en la profesión y has resuelto de forma admirable todos los casos planteados. Al menos cierto número de ellos —rectificó ante mi expresión escéptica.

—Tú la ejerces desde hace treinta años.

—No puedo desatender a ciertos buenos clientes. Por ejemplo Calpurnia, la esposa de César, quedaría desolada si no resolviese el enigma del cocodrilo que encontró en su lecho.

Miré escrutadoramente a mi tío.

—También hace treinta años que apuestas en los Ludi Magni —acusé—. Y empiezan el mes que viene.

Mi pariente sonrió como un colegial cogido en una travesura.

—Tus dotes deductivas se han desarrollado de una manera extraordinaria —felicitó—. Admito que esta temporada los azules tienen caballos nuevos, con ese trote nervioso que sólo los buenos aficionados saben apreciar. Harás un papel extraordinario en el Bósforo Cimerio —pronosticó.

—Tú pesas más que yo —alegué—. Con el cambio perderíamos doce o quince libras de oro macizo.

—La travesía será larga y la vida en una galera es sedentaria. Estoy seguro de que las engordarás.

—Durante un año he ido demorando el regreso a Atenas por ayudarte. De acuerdo, también porque me divertía. Pero si no se me ha perdido nada en Roma, menos aún en el confín de la tierra, entre unas caricaturas de griego que hablan a base de charadas.

—Te aguarda una investigación apasionante. ¿Qué impulsó a Polemón a correr hacia el bosque prohibido?

—En eso tienes razón —convine—. Nadie vio que estuviera persiguiendo algo.

—Ni que algo le persiguiera —completó mi tío. Negué con la cabeza ante la evidente tentación. Mi tío introdujo un brillo censorio en su mirada—. ¿Dónde está el espíritu aventurero heleno que nos llevó a descubrir el mundo? —preguntó.

—Ya está descubierto; y para quitarle cualquier emoción con una guarnición romana en cada esquina.

—No puedo creer que un ateniense joven, excelentemente instruido y con buena preparación gimnástica desoiga la llamada de una princesa en apuros. Fragante como el jazmín e inquietante como la pantera —recordó mi consanguíneo.

Medité sobre este punto. Luego reparé en que trataba de atizar el complejo de Perseo.

—Te espera a ti, no a mí. Ni siquiera sabe que existo.

—Por otra parte, vuestra ruta pasará muy cerca de Atenas. De vuelta puedes hacer escala y pasear entre tus añorados olivos.

Por un momento se dibujaron en mi mente las purísimas líneas de la Acrópolis, recortadas entre el luminoso cielo ático y el hervidero espumoso del Pireo. Me apresuré a esfumar el cuadro, como quien pasa un borrador sobre la cera; me encaré con Alcímenes y concentré la más firme resolución en mi acento:

—He dicho que no iré. Y es mi última palabra.

II

La travesía se realizó a buen ritmo, plácida y relajante para todo el mundo con la natural excepción de los remeros. El *Eetes* resultó un cascarón notablemente sólido, que pronto disipó los temores suscitados por su diseño preolímpico. El dios Poseidón observó un correcto comportamiento, sin remover su tridente más allá de lo estrictamente necesario, e incluso sus delfines saltaron en torno a la quilla en muchas etapas del viaje, sugiriendo a mi amigo el embajador metáforas tan innumerables como las caracolas del mar.

Cruzamos entre Escila y Caribdis sin despertar la atención de los monstruos, sin duda aburridos de comer insípidos legionarios romanos cuya armadura debía de pelarse como la de un langostino; hicimos escala en Zacinto y Egina —más allá de su brumoso horizonte la Acrópolis levantaba sus invisibles y añorados frontones—, y, tras rebasar el laberinto egeo y las estrecheces del Helesponto, nos adentramos en las solitarias honduras del mar Euxino.

El único inconveniente del viaje estribó en el limitado espacio de la cubierta, a todas luces insuficiente para rehuir la charla del embajador. Dudaba entre mudarme a la cofa o continuar el trayecto a nado cuando el bosforiano ofreció iniciarme en un curioso juego, importado de oriente en su país, en el que unas piezas eran movidas por un tablero cuadriculado con la reprobable finalidad de comerse al rey contrario. Me consagré a su estudio con la aplicación de un esforzado exquiriente y, aprovechando la resaca de una cena bien regada, conseguí derrotar al embajador a la altura de Delos, colocando nuestro tanteo en un honroso ciento veinte a uno.

Como corresponde a un profesional concienzudo, mi actividad a bordo de la nave no se limitó al deporte. A falta de otro sospechoso, recopilé información abundante sobre la diosa Diana. Así verifiqué que ésta no tenía casi nada que ver con nuestra Artemisa helena, que como todo el mundo sabe es una joven púdica y algo histérica que corre por el bosque con su arco y su ciervo. La presunta culpable era la temible Brauronia, sombría divinidad de la Táuride, con especial debilidad por los sacrificios humanos. La influencia romana había latinizado su nombre —en prueba de que ni los dioses se sustraían al esnobismo de la época—, aportado a la bosforiana algunos atributos de la Diana clásica y proscrito oficialmente las muertes rituales, aunque ninguno de los marineros consultados se declarase dispuesto a transitar cerca del templo por la noche.

Comenzábamos la partida ciento ochenta sin que mi casillero de victorias se hubiese ampliado —en realidad mi rey sollozaba al ser puesto en el tablero y se despedía con abrazos de las piezas cercanas—, cuando una costa borrosa se dibujó en lontananza y el vigía anunció el puerto de Panticapeon, capital del Bósforo Cimerio.

La nave lo ignoró. Costeó la península táurica, con el espolón apuntado hacia las lejanas moles del Cáucaso, y lo desvió con un golpe de timón, como una abeja que cambia de idea, para enfilar el estrecho cimerio propiamente dicho.

No iba a tardar en descubrir uno de los peores defectos del reino bosforiano: el de amanecer a una hora espantosamente temprana. Lo constaté con disgusto al ser despertado mediante discretos tirones de brazo mientras el cielo azuleaba en un momento harto inadecuado para tal menester. Pensé que era el embajador, anhelante de otra partida de su jueguecito, e iba a arrojarlo por la borda cuando el importuno se identificó como un marinero anunciador de que atracábamos en Tanais.

Ésta resultó una ciudad homérica, de murallas ciclópeas y callejas estrechas, sobre las que emergía un palacio de puro orden dórico. No puedo negar que contemplé el panorama con cierta emoción, como si en cualquier recodo fuesen a surgir Medea, en busca de filtros mágicos, o el mismo Ulises, regateando con un mercader el precio de la salazón.

El *Eetes* fue abarloado y el embajador y yo descendimos por el tablón. Nos aguardaba un lujuso palanquín, incrustado de marfil y oro, en torno al cual formaba media docena de torvos individuos con la cabeza rapada. Lucían un extraño atuendo, compuesto de una camisola de lona grisácea, con vetas oscuras, y los tubos cubrepiernas que tanta hilaridad me habían producido al descubrirlos en el embajador. Mi profundización en la cultura cimeria me permitía identificarlos como pantalones, una estrafalaria prenda de los habitantes de la estepa, adoptada por los bosforianos para su discutible embellecimiento personal.

—Aigmalótidos —presentó mi acompañante mientras se acomodaba en el asiento—. Cautivos de guerra escitas. Hay muchos en Tanais.

Contemplé el vehículo con aire dubitativo, poco deseoso de ser paseado en volandas como un campeón olímpico.

—Creo que te acompañaré andando —declaré.

—Sube —denegó el embajador—. Ninguna persona elegante va a pie en esta ciudad.

Escalé el artilugio, los rapados se echaron los travesaños al hombro y el vehículo se puso en marcha. Tanais recobraba lentamente el pulso vital y las vías empezaban a poblarse de bosforianos ataviados con pieles tan espesas como sus barbas.

Abandonamos el puerto y avanzamos hacia el palacio por una calzada exterior al dédalo de callejas, mientras mi acompañante disertaba sobre su juego favorito. Dos largas hileras de hombres y mujeres, que lucían la uniformidad y el sucinto peinado de nuestros porteadores, empezaron a desfilar por ambas cunetas en sentido contrario al de nuestra marcha. Caminaban disciplinadamente, con expresión hosca y las manos a la espalda.

—Son los trabajadores de la cantera —explicó el embajador—. Habrás oído hablar del mármol de Tanais. —Lo eludí con un gesto ambiguo mientras el hombre retomaba la conversación deportiva—. Es un juego excitante, noble como la guerra y sutil como la vida cortesana —definió—. Deberíais introducirlo en Roma.

—Para alcanzar éxito entre los romanos las piezas tendrían que sangrar al ser comidas. O bien...

Me interrumpí en este punto. Una integrante de la hilera de aigmalótidos se había detenido al paso de nuestro palanquín. En principio no presentaba más signo distintivo que un avanzado embarazo, que tensaba las costuras de su camisola gris. No tardé en descubrir otra peculiaridad notable: el intenso bermellón que teñía progresivamente sus orejas, descubiertas por el rasurado. De pronto salió de su marasmo, despegó los brazos del cuerpo y entreabrió los labios. La proximidad de un capataz, manifiestamente enojado ante su atrevimiento, le forzó a retrasar las manos y continuar su marcha. Todavía volvió la cabeza por dos veces, pero ya nuestras trayectorias divergentes la ocultaban tras sus cenicientos seguidores.

Mi atención regresó al discurso del embajador. Un sorprendente recuerdo, sin embargo, repicaba de forma creciente en mi pensamiento.

—¿Baiasca? —me autopregunté, en tono más audible del previsto.

—No comprendo esa palabra —alegó el bosforiano—. Debe de ser griego moderno.

—Es un absurdo. Quiero decir que esa aigmalótida me ha recordado a una esclava. Esclava de mi tío —rectifiqué—. Sólo fue mía durante una semana. Pero es imposible. Fue manumitida y marchó a la tierra de los cémpsicos —me asaltó una intuición—. ¿No será una región cercana? Nunca tuve una noción exacta de por dónde quedaba —el embajador negó con el gesto.

—Hasta que la has nombrado pensaba que éramos el país menos conocido del orbe.

—¿Cómo se para el palanquín? Imagino que se trata de una escita con cierto parecido, pero tengo que asegurarme.

—No debes hacer esperar a Iridia. Si tanto te inquieta puedes visitar la cantera esta tarde. Está a menos de una milla. Pero es ilógico que te preocupes por una aigmalótida. Con la recompensa que te ofrecen podrás comprar cientos de esclavas, tersas como la seda india y esbeltas como el papiro.

—Apenas si habías dicho metáforas desde que desembarcamos —observé.

—Cuando salimos al extranjero se nos exagera el acento autóctono.

La cuesta hacia el palacio se empinaba y los aigmalótidos comenzaban a resoplar respetuosamente. Sobre sus cráneos mondos corrían hilillos de sudor, en esperanzadora demostración de que había ganado peso durante el viaje. El embajador carraspeó, con la expresión contrita de quien aborda una cuestión incómoda.

—Hay una advertencia que me gustaría hacerte —planteó—. Siempre que prometas que quedará entre nosotros. El tema es delicado.

—Seré mudo como un iniciado eleusino —prometí.

La voz del bosforiano se trocó en un susurro:

—Es peligrosa.

—¿Quién? —El hombre rodeó su cabeza con los dedos en círculo, en perfecta imitación de una diadema—. ¿La princesa?

Mi interlocutor resopló.

—Trataba de que los porteadores no se enterasen —bisbiseó con enojo.

—¿En qué consiste el riesgo?

—Está bastante malcriada. Su padre le ha consentido todos los caprichos. Esto no es Atenas, con vuestros derechos inviolables del ciudadano. Si un miembro de la familia real quiere algo, lo consigue; y oponerse está contraindicado para la salud.

—No quisiera parecer inmodesto, pero tengo cierta experiencia en reinas orientales. En Roma frecuenté a Cleopatra.

El bosforiano redujo su volumen vocal a un hilillo:

—Comparada con Iridia es una aprendiz de vestal.

—¿Está casada? —interrogué.

—Su prometido es Remetalces, gobernador de Navarís. Un notabilísimo guerrero. Tras varios siglos bajo su amenaza, ha dado con la fórmula para ser respetados por los salvajes escitas.

—¿Cuál?

El embajador volvió a su murmullo:

—Hacer el salvaje mucho más que ellos.

—¿Y el príncipe Polemón? ¿Deja viuda e hijos?

—Se le atribuyeron romances con muchas jóvenes del reino, pero murió soltero. Por lo que contaban de él parece que había optado por probarlas todas antes de decidirse.

—Eso quiere decir que en estos momentos Iridia es la heredera del trono.

—En solitario como la luna sobre las nubes.

Y con estas palabras el palanquín se detuvo ante el palacio y los dos guerreros de guardia en su puerta, ceñudos y acorazados como la representación del dios Ares en una terracota antigua, presentaron sonoramente sus armas.

Rebasamos el portalón y anduvimos por el atrio, a través de un laberinto de arriates floridos y fuentes juguetonas. Accedimos a un claro entre frondosos setos. Y allí, desenfadadamente acomodada en una tumbona, sentada sobre un pie y con la babucha en equilibrio en la punta del otro, aguardaba la princesa

Iridia. Le rodeaba un confuso tropel, probablemente compuesto por sus damas de compañía; en aquel instante no habrían reclamado más mi atención si se hubiese tratado de mandriles disfrazados.

Lucía una falda verde y vaporosa, de generosa abertura lateral, ceñida a la cintura por una cadena de eslabones dorados; y un peplo a juego más bien translúcido y ribeteado de oro. Ambas prendas enmarcaban una espléndida porción de piel morena, centrada por un ombligo casi hipnótico, pitagóricamente circular. Es probable que la Heliea de Atenas, en ejecución de las leyes draconianas, la hubiese condenado a la lapidación sin más trámites. Por lo que a mí respecta el voto habría sido francamente disidente.

El embajador tocó el suelo con las rodillas e inclinó su frente hacia la tierra, en inmejorable posición para ser pateado por la espalda. Reduje el saludo a la leve genuflexión propia de un orgulloso griego metropolitano. La princesa echó atrás su luenga melena trigueña, despejando sus ojos acarbonados, y habló:

—Bienvenido al Bósforo Cimerio.

La letra correspondió a un saludo rutinario; pero la entonación acarició los oídos como un acorde de arpa.

—No podía desatender una llamada tan halagadora —respondí con mi mejor estilo cortesano.

—Nuestro es el honor de que un insigne artista la atienda.

Semejante calificación me pareció tan desmesurada, aun en el país de las metáforas, que temí que la princesa creyera hallarse ante mi tío.

—Tal vez no sea el que esperas —advertí—. Pero creo que he aprendido...

—Tú eres el que esperaba —desmintió tajantemente la bosforiana—. Sobre ti brilla el halo creador del genio heleno. —Por encima de sus exageraciones, mi anfitriona comenzaba a resultarme irresistiblemente simpática—. Os presento a Lisímaco de Megara, el más célebre pintor y escultor de la Hélade —exclamó; y al punto las damas, cobrando vida repentinamente, prorrumpieron en una ovación.

Me rasqué la nuca con el lógico desconcierto. Y para aumentar mi perplejidad, la princesa me guiñó un ojo. Fue un gesto fugaz pero inequívoco, completado por una sugerente contracción de los hoyitos de la mejilla. Semejante situación, un año atrás, me habría llevado a pedir una suspensión del acto y a consultar con Baiasca. Pero la cémpsica no estaba.

—No quisiera... —empecé.

—El templo de Diana te aguarda —informó la princesa—. Que los rayos de la diosa te iluminen. —La intuición de exquiriente, tan trabajosamente adquirida, aconsejó un prudente y temporal silencio—. Esta noche cenaremos juntos y discutiremos los detalles de tu trabajo. Ahora ve a tus aposentos y descansa. ¡Y ni una palabra más!

La recomendación contenía el imperio suficiente para aplazar toda tentativa de aclaración. Repetí el rodillazo, me alejé de espaldas como manda el protocolo y tras rebasar el primer seto me volví hacia el embajador. El muy bellaco había desaparecido entre los parterres.

Un criado me guió a mi estancia, un amplio recinto con un ventanal colgado sobre los tejados de Tanais, la faja del río y el puerto. Su mobiliario comprendía una cama forrada de pieles; la de un tigre en el suelo, a guisa de selvática alfombra, y una mesa atestada de frutas y repostería. En la sala adyacente una pileta llena hasta el borde hablaba elogiosamente de la hospitalidad bosforiana.

Deposité mis pertenencias con cierto recelo, como si de un momento a otro el glorioso Lisímaco fuese a ordenar la expulsión del intruso. Finalmente resolví aplazar mis inquietudes y acometí las bandejas como Héctor las naves aqueas, dispuesto a resarcirme de las semanas de dieta marítima.

Tras lo cual, luciendo una clámide impoluta y las botas de viaje recién enceradas, atravesé el jardín dispuesto a abandonar el palacio. Tan sólo un operario armado con tijeras podadoras se afanaba junto a un seto alto. Me fijé en su labor, atraído por la precisión geométrica de cada corte. El hombre se volvió y motivó mi gesto de asombro.

—Tú eres Lisímaco de Megara —saludé.

El operario enrojeció.

—No sé de qué me hablas —rugió con un delator acento megarense—. Déjame trabajar.

—Te conocí en Atenas, en la inauguración del arco del Limnai. Sé que es increíble, pero la princesa me ha tomado...

—¡Fuera! —exhortó el escultor, blandiendo sus tijeras—. Tengo demasiado que hacer como para ocuparme de un loco ocioso.

Puestas así las cosas no quedaba sino verificar un filosófico encogimiento de hombros y continuar mi camino hacia la puerta exterior.

Junto a los guardias continuaba el palanquín y, desparramados a su alrededor, los aigmalótidos de la ida –u otros similares, dada la homogeneidad de la especie–, que se apresuraron a formar en torno al vehículo.

–No es necesario –eludí–. Iré paseando.

Un centinela se volvió.

–Debes viajar con ellos. Son las órdenes.

El golpe de coraje me enderezó la columna.

–Dejemos clara una cosa –indiqué–. Soy un griego libre. Y con tal libertad decidiré si quiero subir a ese artefacto o no. ¿De quién son esas órdenes?

–De la princesa Iridia. Hay mucho malhechor suelto por las calles de Tanais y un forastero aislado es un cebo muy apetecible.

–Por pura casualidad, me apetece el palanquín –afirmé. Y arrellanándome en su asiento ordené–: A las canteras. –Los porteadores me miraron con desconcierto. Decidí recurrir a un idioma más comprensible para ellos–: A las canteras polvorientas como el campo de batalla al enmudecer los tambores.

Y el sexteto se puso en marcha.

Recorrimos el camino de ida en sentido inverso, al paso más bien lento de los aigmalótidos. Entre los almohadones del asiento descubrí una fusta acabada en un pomo y pensé si serviría para aumentar la velocidad del vehículo, repicando sobre las cabezas mondas de los porteadores, pero me abstuve de experimentarlo. Ya me parecía un detalle que no me arrojasen por el cercano pretil del río.

Dejamos atrás la bifurcación con el camino del puerto y continuamos una buena milla por campo yermo hasta detenernos en la ladera de un monte profundamente excavado, como un queso a medio cortar. Descendí de mi asiento y crucé la valla que delimitaba la factoría. Un nuevo barbudo acudió a mi encuentro con inequívoco aire empresarial.

–¿El invitado de la princesa? –se aseguró–. Me honro en recibir a quien modela el mármol con la caricia de sus dedos. –Decidí mantener el equívoco. Al fin y al cabo nunca se me había ocurrido acariciar un pedazo de mármol e ignoraba si po-

iris oscuros, en los que la súplica formaba cristalitos brillantes; y desde ese momento la investigación sobre la muerte del príncipe y el oro ofrecido por su hermana pasaron a constituir objetivos muy secundarios de mi viaje.

Una mano se posó en mi hombro.

—Un dios palpita bajo ese bloque —habló el embajador—. Y sólo la mano maestra de Lisímaco de Megara puede liberarlo de su encierro.

—Empiezo a cansarme de esta farsa —comuniqué—. ¿Puedes explicármela?

El bosforiano adoptó un aire misterioso.

—Se necesita un permiso extraordinario de la suma sacerdotisa para que un varón sea admitido en el santuario de Diana. Por otro lado la bóveda de su templo necesita ser decorada. Y sólo el gran Lisímaco es digno de tal honor.

Analicé el plan.

—¿Debo hacerme pasar por Lisímaco para investigar en el templo sin levantar sospechas?

—Tu discurso es rápido como las alas del céfiro.

—La hipótesis es absurda. Las sacerdotisas que me vean pintar se morirán de risa; y las sobrevivientes mandarán arrojarme al Tanais.

—La ejecución de un fresco requiere una preparación muy laboriosa. Tendrás tiempo de resolver el enigma.

—El propio Lisímaco está en la ciudad. Le he visto podando un seto.

—La princesa le mandó llamar y le encargó los bocetos para la bóveda. Cuando los muestres a las sacerdotisas disiparás cualquier sospecha. Después le convenció para que te cediera su personalidad y se iniciara en el arte de la jardinería. Es muy persuasiva.

—¿Qué pasará si alguna sacerdotisa conoce a Lisímaco? Es un hombre muy popular en la Hélade.

El embajador sonrió lúgubremente.

—Tu profesión es arriesgada como la del domador de serpientes —respondió.

El paseo nos había llevado a la salida de la factoría. Los porteadores del palanquín se levantaron con escaso entusiasmo. Me volví hacia Baiasca que, casi invisible tras los remolinos de polvo, acarreaba sus cubos.

—Hay otro tema pendiente —informé—. Necesito a mi ayudante.

—No pretenderás que mande a Roma a por ella.

—Se halla en esta factoría. Y según todos los indicios, no por gusto. Di que la traigan.

—Se necesitaría una orden de Iridia; y es dudoso que se preocupe por una aigmalótida.

—Si Lisímaco viaja a Navarís, es natural que su mujer le acompañe. Baiasca tiene una gran experiencia en este tipo de investigaciones.

—Lo transmitiré.

—No iré sin ella. Adviérteselo.

—Si incumples tu contrato la princesa podría aplicar tus supuestas dotes artísticas a aserrar bloques de mármol.

Medité sobre esta eventualidad.

—Tal vez sea difícil de entender —expuse—. Pero tengo muy buenos recuerdos de Baiasca y no puedo desampararla en esta situación. Además es un deber humanitario. Está muy embarazada.

El embajador me tomó del codo.

—Vamos a palacio —recomendó—. Por lo que conozco de Iridia es mejor que no muestres demasiado interés por la aigmalótida, como si se te hubiese ocurrido la idea mientras visitabas la cantera. Yo se lo explicaré mientras te preparas para cenar con ella. Y aún tendremos tiempo para un par de partiditas; reñidas y sin cuartel, como la lucha en torno al cadáver de Patroclo.

La marca del insaciable bosforiano se había incrementado en otras seis victorias cuando la noche acabó de caer sobre el jardín, un siervo anunció que la princesa me aguardaba para la cena y el embajador se eclipsó con su tablero en pos de nuevas víctimas.

Seguí al criado por los pasillos. Observé que su trayectoria se alejaba de los salones regios y ascendía en la misma dirección de mis aposentos.

—¿Cenamos en algún comedor privado? —me interesé.

—En tu dormitorio —fue la inesperada respuesta.

El hombre abrió la puerta y se alejó. Asomé la cabeza con la certeza de hallar un escuadrón de damas de compañía, flautistas y camareros. Una abigarrada mesa, coloreada con langostas, empanadas de hipocampo y otros manjares exóticos, constituía la única novedad en la solitaria decoración.

Deambulé entre las bandejas. Una crátera de legítimo Corinto acompañaba a dos copas doradas, llenas hasta el borde con su aromático grana. Levanté la más cercana y dejé resbalar unas gotas entre los labios. Y en ese momento se oyó un chapoteo en el agua de la pileta y una voz femenina, metálica y acariciadora como la música del sistro, declamó:

—Cada sorbo encierra cien años de civilización griega. Paladeémosla.

Volví instantáneamente la cabeza. La princesa Iridia nadaba en el estanque con inmejorable estilo. Se había recogido el cabello con varias horquillas que, por lo que la tenue capa de agua dejaba vislumbrar, constituían su única vestimenta. Por menos que eso Acteón había sido despedazado por los perros.

—Yo... no... —Me esforcé por adoptar el tono propio de un exquiriente avezado, imperturbable aunque halle a la propia Helena de Troya bajo la colcha—: no sabía que estabas aquí.

—Me he tomado la libertad de aprovechar el tiempo de la espera. Confié en que no te molestaría.

—En absoluto —negué con plena convicción.

—¿Me acercas mi copa? No sería cortés dejarme brindar con agua.

Tal vez algún día el aprendizaje de un exquiriente comprenderá lecciones sobre cómo caminar despreocupadamente con dos copas en la mano hacia la pileta continente de una princesa asiática con tan sucinto atuendo. Por lo que a mí respecta he de reconocer que tropecé un par de veces, con el consiguiente goteo del preciado Corinto. Al fin entregué el recipiente a Iridia y con mi mejor estilo oratorio entoné:

—Por la civilización griega.

Los dos apuramos la copa. La princesa me devolvió la suya y solicitó:

—¿Puedes traerme la toalla? Y mi lágrima de Atenea, por favor. Me parece que vaya desnuda si no la llevo al cuello.

Supuse que se refería a una espléndida esmeralda, engarzada en una cadenilla de oro primorosamente labrado. Recogí ambos objetos y anduve hacia la pileta.

—Nunca oí llamarlas así —declaré, por evitar el embarazoso silencio, mientras extendía el paño ante mis ojos.

—La diosa lloró cuando su protegido Aquiles murió en la llanura troyana. Y las gotas de sus ojos verdes cristalizaron en estas gemas —explicó la princesa, envolviéndose en la toalla.

Por un momento ésta traslució una silueta irreprochable, susceptible de hacer corregir su canon a Policleto.

—Muy bonito —aplaudí, sin centrarme estrictamente en la leyenda de la joya.

—Sal mientras me visto —ordenó Iridia con una sonrisa destellante—. No está bien que me veas así.

—Claro que no —asentí.

Regresé a la habitación. Iridia compareció sin solución de continuidad, acreditando lo relativo que el verbo vestir podía resultar en aquellos parajes. Había liberado su melena y se había envuelto en un palio corto y verdoso, evidentemente su tonalidad favorita, ceñido a la cintura y no más opaco que la toalla. La vi caminar descalza y por asociación de ideas estuve a punto de preguntarle por su decisión sobre Baiasca, pero un sexto sentido me susurró la inoportunidad del momento. Además de prometedora, la noche era todavía larga.

La princesa aproximó un almohadón a la mesa, tomó una empanada y se sentó con las piernas cruzadas. La lágrima de Atenea pendía sobre el canalillo vertical que surcaba su escote moreno, generosamente descubierto por el palio. Tomé una porción de una bandeja cualquiera y me la eché a la boca. El crujido de los dientes reveló que se trataba del martillo para partir las langostas.

—Pensé que éste era el mejor lugar para hablar lejos de oídos indiscretos —comentó la princesa tras varios mordiscos a su empanadilla—. Invitarte a mis habitaciones habría dado pie a habladurías.

—Claro que sí.

Iridia señaló hacia un ánfora de cristal, llena de un líquido ambarino.

—También hay resina de tu tierra —ponderó, identificando nuestro detestable vino nacional ático—. En tiempos de Lisias hubo un estrechísimo contacto entre atenienses y bosforianos. Y debemos hacer todo lo posible para que no se pierda la tradición. —Sopesé diversas réplicas y opté por llenarme la boca con un trozo de mojama—. ¿Y si empezamos? —propuso la princesa. Con un leve titubeo decidí aguardar instrucciones complementarias—. Me refiero a repasar la muerte de mi hermano.

—Cuando quieras —suspiré con cierta decepción.

—Supongo que el pedante de mi embajador te habrá explicado los hechos.

—Sin omitir una metáfora. Pero en estos casos es esencial el relato de un testigo directo.

—Era cerca del mediodía. Estábamos cazando desde muy temprano y nos detuvimos a descansar en un prado, a unos quinientos pasos del bosque sagrado.

—¿Quién estaba presente?

—Polemón y yo, naturalmente; mi prometido Remetalces, altos cargos, nobles del séquito... casi todo el mundo se apunta a las cacerías reales. En ese momento mi hermano gritó, se dio la vuelta y corrió hacia el bosque.

—¿Qué tipo de grito?

—Bastante salvaje.

—¿De miedo, de excitación, de júbilo?

—No entiendo tanto de gritos. Puedo repetirlo.

—Por favor.

La princesa echó atrás su cabellera, inundando la sala con un oleaje trigueño, y exhaló un alarido gutural. Pese a la atención con que lo escuché, no conseguí identificar su timbre. Y cuando alguien propinó un patadón a la puerta y dos guardias acorazados irrumpieron con las lanzas en ristre, directamente apuntadas hacia mi pecho, esta preocupación pasó a un segundo término.

—Volved a vuestros puestos —les frenó Iridia—. Estamos trabajando.

Los militares interrumpieron su ataque con evidente disgusto, se cuadraron y se alejaron, como si estuviesen acostumbrados a estas excentricidades principescas. Tuve que recurrir a un trago de resina para retomar el hilo de la conversación.

—¿Qué hacía tu hermano en ese momento?

—Había derribado dos garzas y estaba eufórico. Decía que se sentía con fuerzas para usar el arco de Orestes. Es un arma legendaria que se conserva en la Acrópolis de Navarís. Según nuestra tradición es un ex voto del héroe a su protectora Atenea. Con él mató a la mítica pantera de Hircania, que devastaba la región. Hay una curiosa tradición en recuerdo de esta hazaña.

—¿Cuál?

—Quien consiga tensarlo puede suspender la ejecución de un reo, en memoria del perdón de Orestes. Con ciertas condiciones que no son del caso.

—Volvamos a tu hermano. Durante la carrera, ¿se volvió en algún momento?

Iridia mordisqueó la esmeralda pendiente de su cuello.

—Un par de veces.

—¿Con expresión normal o aterrorizada?

La princesa se revolvió sobre sus talones, se tendió boca abajo y apoyó la barbilla en los puños. El tigre de la alfombra no habría mejorado la elasticidad de sus movimientos.

—Parecía un poco desencajado. Pero también pudo deberse a la carrera. ¿Estás insinuando que tal vez huía de algo terrorífico?

—No hay que descartar ninguna hipótesis.

—Es imposible. Nadie vio nada.

—Tampoco descubristeis nada que pudiera perseguir.

—Tampoco —admitió la bosforiana.

—Y sin embargo la alternativa es insoslayable: escapaba de algo, intentaba atrapar algo o se entrenaba para los juegos ístmicos.

La princesa volvió a succionar la joya, como si pretendiese extraerle el jugo.

—Enfrente del bosque sagrado se halla la cueva del Orco —informó—. Un lugar bastante siniestro, con emanaciones gaseosas y extraños sonidos. La gente cree que comunica con el Averno.

—¿Visible desde donde estabais? —Iridia asintió con la cabeza—. ¿Por casualidad en dirección contraria a la que siguió Polemón en su carrera?

La bosforiana repitió el gesto y reflexionó.

—Si un monstruo asomó desde la caverna, ¿por qué mi hermano iba a ser el único en verlo? —planteó.

—Es difícil contestarte desde esta habitación —declaré con el tono que pudiera haber adoptado Heracles antes de comenzar uno de sus trabajos.

Anticipé mentalmente mis actividades venideras, por bosques prohibidos y cavernas tenebrosas, y preferí concentrarme en los restos de la empanada.

—Polemón desapareció entre los árboles —continuó Iridia—. Y de pronto bajó el rayo del templo. Fue un chorro de luz cegador.

—Es la definición de un rayo —acoté.

—Pero éste fue duradero. Se habría podido contar hasta cincuenta o sesenta, si alguien se hubiese encontrado con ánimos para hacerlo. Y entonces se produjo el estruendo.

—¿Cómo fue?

Iridia infló los carrillos. Hice un gesto para disuadirla, pero ya era tarde. Por suerte los guardias no reaccionaron, como si hubiesen decidido no sorprenderse por ningún ruido procedente de la habitación.

—¿Qué puede significar el ciervo despedazado?

Iridia se sentó al borde de la cama con las piernas colgando. El deber profesional distrajo penosamente mi atención de sus pantorrillas praxitelianas.

—Una persona crédula diría que la diosa quiso perder a mi hermano. Le tentó con un ciervo mágico, invisible para los demás, que despertó su instinto cazador, y una vez en el recinto sagrado le fulminó con una de sus flechas.

—¿Qué podía tener Diana contra tu hermano?

—Es la protectora de la castidad y la virtud, ya sabes. Polemón debía de resultar su enemigo número uno.

Enhebré mentalmente los acontecimientos.

—Es un señor enigma —ponderé.

—Por el que ofrezco una señora recompensa.

—¿Por qué? —planteé repentinamente.

La princesa sacudió su cabellera, como alcanzada por una ráfaga de viento.

—¿Que quieres decir?

—Todo parece indicar que la muerte de Polemón se debió a fuerzas sobrenaturales. Y gracias a su intervención tú eres ahora la heredera del trono. ¿Por qué quieres que investigue?

La voz de la princesa se mudó en un susurro acariciante.

—Polemón era un reptil —definió—. Concentraba en su persona todos los vicios acumulados por nuestra familia durante cuatrocientos años de realeza y, por un capricho del azar, ni una sola de sus virtudes. Pero era mi hermano y yo le quería. Si me demuestras que le mató Diana, acataré la voluntad del Olimpo. Pero si mediaron manos terrestres en el asunto, no dejaré de ellas ni los muñones.

Hice un gesto de asentimiento.

—En nuestro consultorio de Roma los olímpicos han sido los principales acusados muchas veces.

—¿Y en cuántas de ellas fueron culpables?

—En casi ninguna.

Recordé que esta misma conversación, letra a letra, había sido mantenida con Baiasca en relación con la presunta intervención de Némesis en el sangriento asesinato de la Vía Nomentana, que constituyó mi segundo caso en aquel azaroso oficio. Decidí que era un buen momento para interceder por mi ex esclava.

—Creo que el embajador... —comencé.

Pero ya Iridia continuaba:

—Hay otro motivo.

—¿Cuál?

—Éste es un país aislado, encerrado en sus fronteras. Es fácil despertar maledicencias, y por una serie de circunstancias yo —proclamó la bosforiana con una orgullosa oscilación de su melena— soy el blanco preferido de los envidiosos. Cierto razonamiento simplista, que me señala como sospechosa porque en apariencia resulto beneficiada, está circulando demasiado. Limpia mi nombre, ateniense —rogó Iridia. Su voz aumentó la temperatura del aire, como esos chorros de agua subterránea que describen los viajeros del norte—. Mi agradecimiento no se limitará al oro que peses.

—Haré todo lo que pueda —aseguré.

—Mañana partirás hacia Navarís. Son tres días de marcha, remontando el río. Te he mandado preparar un carro con todo lo necesario.

—Iba a hablarte del viaje —aproveché—. Creo que sería conveniente que alguien...

—Tus arreos de pintura van en una cesta con los bocetos de Lisímaco —me interrumpió la princesa—. Te alojarás en el palacio del gobernador.

—¿Tu prometido? —Ella asintió—. ¿Está al corriente?

—No sabe nada —negó Iridia. Había cruzado una pierna sobre otra y balanceaba el pie rítmicamente, como si siguiera la música de sus propias palabras—. Nadie debe quedar excluido de tu investigación. En particular te recomendaría que no le hablases de esta cena. Es muy celoso.

—Es de agradecer que me avises ahora.

—Se ha pasado la vida alanceando enemigos y quemando sus poblados y no entiende de ciertas sutilezas. Una vez atravesó a un criado porque le pareció que miraba mucho mis rodillas.

Desvié los ojos hacia la copa de malvasía.

—Se lo merecía —aseguré. Preferí regresar a mi tema—: Decía que mi ayudante...

Iridia dio una palmada, audible desde el exterior.

—El postre —reclamó.

La puerta se abrió. Y por su hueco apareció Baiasca, con su atuendo gris veteado de oscuro. Transportaba penosamente una enorme bandeja, abarrotada de uvas, dátiles y rajas marfileñas de fragante melón.

—Si se pone de parto a medio viaje la comadrona más cercana estará a treinta millas —advirtió la princesa, mientras la cémpsica depositaba su carga.

—Estoy seguro de que resistirá.

Iridia tomó un dátil.

—No es un regalo —precisó—. Es una herramienta que se te presta para tu misión. Cuando regreses deberás devolverla a la cantera. —Y, con el último relampagueo de su esmeralda, desapareció por el pasillo.

Baiasca había quedado en posición de firmes, con las manos a la espalda y las orejas a juego con el Corinto.

—Descanso —dije en latín—. Y aún te encontrarás mejor en el taburete. Te convienen las superficies duras. —Ella accedió. Me senté en la cama y añadí—: Creo que los dos necesitamos una amplia explicación.

La cémpsica levantó trabajosamente la mirada.

—¿Cómo está Alcímenes? —preguntó.

—Tan brillante como de costumbre. En ocasiones hay que mirarlo con cristales ahumados para no herirte la retina.

—¿Y los enigmas?

—Abundantes como las setas en otoño, que diría un bosforiano. Por el momento podemos con ellos.

—Durante estos meses me he acordado mucho del consultorio.

—Y nosotros de ti —afirmé—. Mi tío ha recuperado a casi todas sus antiguas esclavas, pero la verdad es que tu hueco continúa sin llenarse.

Hubo un breve silencio.

—Tenía que irme —justificó Baiasca.

—Ya lo sé. —Hubo otra pausa—. ¿Qué tal te fue?

Ella apretó los labios.

—Me cogieron prisionera.

—¿En la tierra de los cémpsicos?

—No llegué hasta ella. En Ebussus me encontré con... con alguien de mi poblado. Se había enrolado como marinero para llegar hasta mí. Decidimos casarnos para continuar el viaje juntos.

—Era un buen motivo.

A la intemperie como se encontraban, el color de las orejas de Baiasca constituía un excelente indicativo de sus sentimientos. En esta ocasión lucieron un bonito rosicler.

—Antes de que me llevaran a Roma habíamos sido... vosotros lo llamaríais novios.

—Claro que sí. ¿Qué más?

—Apenas zarpamos nos atacaron los piratas.

—Según los romanos no quedan piratas en el Mediterráneo —me sorprendí—. Pompeyo los exterminó a todos.

—Se le debieron de escapar aquéllos. Nos subastaron en Rodas y a mí me compró un mercader del Bósforo. Dijo que me quería para enseñar latín a sus hijos.

—Hay destinos peores.

La joven oscureció el tono.

—Lo que en realidad pretendía eran lecciones particulares. Me negué y entonces él me revendió como aigmalótida. Y desde ese momento me han tenido en la cantera, acarreando pozales de agua.

—¿Y tu marido?

—No sé dónde fue a parar. Me subastaron antes.

Un brillo acuoso asomó sobre las pestañas de la cémpsica. Le rocé suavemente la mejilla.

—Han sido tiempos difíciles, ¿verdad?

Sendas lágrimas terminaron de materializarse e iniciaron el descenso por los pómulos.

—He estado muy preocupada por mi hijo —justificó.

—Va siendo hora de que cambien. Creo que te apetece darte un baño y quitarte esos absurdos pantalones. Tras esa puerta hay una pileta.

Una luz nueva empezó a abrirse paso en los iris de la cémpsica.

—Llevo seis meses deseándolo —confesó—. El polvo de la cantera se pega a la piel como un forro.

—Cuida que no fragüe de golpe y te convierta en una estatua. —Aunque breve, la esclava concedió su primera sonrisa—. Después, si te apetece, comentaremos el enigma que me ha traído a estos parajes. Estoy seguro de que contigo empezaré a ver las cosas claras.

Los labios de la cémpsica se distendieron un poco más.

—Echaba de menos los enigmas.

—Y no te preocupes por tu pelo. Estás guapa así.

Esta vez Baiasca sonrió abiertamente.

—Parezco la cúpula del Foro Boario —definió.

Aguardé junto a la piel de tigre, mordisqueando los dátiles de la bandeja. Mis nociones sobre la materia me decían que, con excepciones tan estimables como la princesa Iridia, el común de las mujeres no aprecia particularmente la presencia de un extraño en la pileta del baño. Baiasca tardó en reaparecer, envuelta en un lienzo granate como si la hubiesen preparado para regalarla.

—Menos mal que no necesitas secarte el pelo —le saludé.

Ella fingió no haber oído.

—Es la cortina de la ventana —justificó en dirección a su indumentaria—. La he cogido hasta que se seque el uniforme.

—Tira ese uniforme al fuego. La mujer de un pintor famoso no puede vestir esas excrecencias. —La joven dibujó una expresión interrogante—. Te lo explicaré todo mientras atacas la fruta. Lo estás deseando y no me perdonaría que tu hijo saliese con cara de melocotón.

El brillo habitual volvía poco a poco a sus ojos.

—Me apetece escucharte —respondió Baiasca mientras se encaraba con la bandeja.

Sin duda mi relación de los hechos, en comparación con las homéricas metáforas del embajador o las onomatopeyas de Iridia, resultó tan pobre y prosaica como la de un cronista romano. Pero Baiasca, aunque dividiera su atención entre mis palabras y los melocotones, pareció haberlas comprendido perfectamente.

—¿Qué te parece? —planteé como colofón.

La cémpsica reflexionó.

—Es difícil anticipar nada hasta que examines el bosque sagrado y la cueva del Orco —difirió.

—Hasta que los examinemos —corregí—. Vuelves a ser mi ayudante.

—En este estado no te seré de mucha ayuda —se apresuró a alegar la esclava.

—¿Qué se comentaba de este embrollo en las canteras?

Baiasca se encogió de hombros.

—Los aigmalótidos estábamos muy aislados del mundo exterior. Además, no me habría enterado demasiado; mis compañeros hablaban en escita y los capataces en griego.

—Ya era hora de que lo practicases —celebré—. Intentar expresar emociones en latín es como querer pintar un cuadro con el pincel sujeto a la nariz.

—Sólo he aprendido el que usaban con nosotros. Sé decir «Más deprisa con esos cubos», «Te voy a desollar viva» y «Malditos perros gandules».

—Para moverse entre la buena sociedad helena resulta un vocabulario algo limitado. —Medité un instante y agregué en vernáculo—. ¡Por las babas de la Medusa!

—No suena mucho mejor que mis frases —objetó Baiasca.

—Es una interjección. Quiero decir que es imposible que la mujer del pintor más famoso de la Hélade no hable griego.

La cémpsica reflexionó.

—Puedo ser muda de nacimiento —apuntó—. Al fin y al cabo llevo seis meses sin hablar apenas.

—Será mejor que practiquemos por el camino. Catón empezó a estudiarlo a los ochenta años y era romano, de modo que una persona despierta como tú puede dominarlo en tres días.

—Con tal de no volver a la cantera aprendería hasta etrusco —aseguró Baiasca.

Un bostezo mal contenido estremeció a la cémpsica de la cabeza a los pies. Sólo la percepción de mi propio molimiento impidió que me amoscase.

—Creo que los dos hemos madrugado mucho —acepté.

—En la cantera, a estas horas faltaba poco para levantarnos —convino Baiasca—. ¿Dónde voy a dormir?

—Donde tú quieras.

—Supongo que debería ir al barracón de las esclavas —razonó—. Pero si no te molesta preferiría quedarme en el cuarto de la pileta. Me parece que si salgo de aquí me cogerán y me llevarán a la cantera.

—Un observador imparcial te diría que donde mejor se duerme es en una cama —apunté—. Y en tu estado con más motivo.

Ella miró con cierta apetencia hacia las acogedoras pieles del lecho.

—Llevo seis meses tumbándome en el suelo —admitió—. Y apretada entre dos aigmalótidas.

—Si quieres que tu hijo salga, tendrás que mostrarle algunas comodidades de este mundo.

—¿Y tú? —se aseguró la cémpsica.

—Pensaba irme junto a la pileta sin necesidad de esa cara de alarma. Claro que, puesto a cambiarme por ti, será más divertido en el barracón de las esclavas.

La joven se sentó al borde de la cama.

—No te enfades —rogó.

—Claro que no. Usaré el tigre de colchón. No creo que a él le importe.

Soplé sobre las velas y la habitación quedó a oscuras. La luna bosforiana entró por la ventana, pura y siniestra como su diosa tutelar. Una ráfaga de viento aulló bajo el alféizar. Baiasca se había arrebujado en las pieles.

—¿Puedes quedarte? —susurró de improviso.

—¿Dónde?

—Ni muy cerca ni muy lejos. No sé de qué, pero tengo un poco de miedo.

Recogí la alfombra y medí seis pasos, como un fundador trazando las murallas.

—¿Suficiente?

La cémpsica sonrió en la oscuridad.

—Está muy bien. Buenas noches.

—*Calinix* —rectifiqué—. Tienes que ir practicando.

—*Calinix. Jarin se eidomen* —añadió.

—No hay de qué.

III

Fue una noche inquieta, animada por un sueño absurdo en el que la princesa Iridia, con su esmeralda fulgente y el atuendo reducido a la más mínima expresión, competía ante el tablero cuadriculado. Su rival era la propia diosa Diana, nocturna y espectral, que exhibía su arco en bandolera y un inquietante cerco rojizo en torno a los labios. Espantables monstruos dentudos representaban las piezas de la olímpica, en oposición a los aigmalótidos rapados que movía la bosforiana. Baiasca, atrapada con su uniforme ceniciento en una esquina de la palestra, iba a ser irremisiblemente comida y yo, convertido en árbitro de la liza, intentaba hacer trampas en su provecho ante la indignación de mi amigo el embajador.

Si a tan sorprendente espectáculo se añade que la Baiasca propiamente dicha despertó en tres o cuatro ocasiones con audible sobresalto, se concluirá cuán imperfectamente cumplió su misión el dios Morfeo, restaurador de los fatigados mortales. En cada uno de los respingos indicados me sentí inclinado a acudir junto a la cémpsica y tranquilizarla, como se hace con los niños de sueño agitado; pero un ateniense bien educado se cuida mucho de aproximarse a un lecho femenino por cuya ocupante no ha sido invitado.

Con el amanecer bosforiano, tan espantablemente madrugador como la víspera, abandoné la habitación dispuesto a reclamar las ropas adecuadas para la esclava, que dormía sepultada bajo un caparazón de pieles superpuestas. En el umbral me crucé con la criada que aportaba las prendas, evidenciando que la princesa se había anticipado a mis designios.

El vestuario se componía de un chitón blanco y holgado, una capa azul marino y unas botas de piel, atuendo suficientemente griego como para merecer mi aprobado; y, sin duda como broma de la aviesa Iridia, una peluca de rizos anaranjados. La oculté en el equipaje, con la intención de arrojarla al primer torrente que atravesáremos, y desperté a la cémpsica con un roce sobre la sien.

—¿Nos vamos? —ofrecí. Ella abrió los ojos con la expresión de quien regresa de muy lejos; tras lo cual empujó el cobertor y depositó los pies sobre la espalda del tigre—. Tu nuevo atavío —presenté—. Más favorecedor que el anterior e incluso que esa cortina.

—Me gusta —ratificó.

—¿Debo salir de la habitación o es suficiente con que me vuelva de espaldas?

Ella sonrió.

—No creo que Lisímaco me retratase en este estado.

Me asomé al balcón. El día ascendía entre las montañas brumosas y desdibujadas bajo el resol. La faja plateada del río se alejaba rumbo a la pradera desierta, como la carretera hacia un mundo sin descubrir.

Baiasca se había vestido el chitón. Le ajusté la capa azul sobre los hombros y ella se dejó contemplar con el calzado en la mano.

—Tienes todo el aspecto de una griega libre —valoré—. Con un peluquero más bien drástico, pero no hay que descartar que implantes la moda en Navarís.

La joven se sentó al borde de la cama y examinó las botas.

—Después de tanto tiempo, tendré que aprender cómo se usan —declaró.

Abandonamos la habitación. La criada nos condujo ante el embajador y éste hacia el carro aparejado para el trayecto.

—Un buen día para partir —definió mientras salíamos al patio—. Claro y radiante como los ojos de Atenea.

Nos detuvimos ante un vehículo tosco, con un armazón del tiempo de las primeras colonizaciones, pero indudablemente sólido al estilo bosforiano. A su lanza se hallaban uncidos dos caballos de la misma contextura, que nos examinaron con seriedad profesional. Me pregunté si relincharían con metáforas.

—Comida para una semana —enumeró el embajador, retirando la lona que cubría la trasera—. Mantas y pieles, cálidas como el regazo de la diosa Gea. Las vais a necesitar. Los útiles de pintura y los bocetos para la bóveda del templo.

El hombre exhibió un arcón repleto de espejos, dagas repujadas y togas purpúreas.

—¿Y eso? —me sorprendí.
—Es raro que los escitas se atrevan a cruzar el río, pero no es imposible que topéis con alguno de ellos. Estos presentes los apaciguarán si están de buen humor.
Era ésta una faceta imprevista de la expedición. Baiasca se apresuró a desaprobarla con su mirada.
—¿Y si los cogemos en un mal día? —planteé.
El barbudo señaló una contundente espada con doble filo.
—Tendrás que recurrir a la autodefensa. Menos mal que, según se dice por aquí desde los tiempos de Lisias, seis bárbaros no valen lo que un ateniense.
—Preferiría experimentar seis atenienses contra un bárbaro —declaré.
El embajador mostró una plancha rectangular.
—Es mi regalo —presentó con emoción, descubriendo el tablero cuadriculado y las piezas anejas—. El trayecto será largo y tendrás ocasión de preparar nuevas estrategias. Cuando hayas recibido tu peso en oro me encantará ganártelo, como Ulises conquistó las armas del Pelida.
—No se me habría ocurrido partir sin él —agradecí.
Auxilié a Baiasca a subir al pescante, con sumo cuidado para no presionar bajo su diafragma, me acomodé a su lado y empuñé las riendas.
—Que la fortuna siga vuestros pasos como la sombra al viajero —deseó el bosforiano.
Levanté la vista hacia el cielo raso. Una bandada de pájaros, en formación sobre el fondo azul, volaba en aquellos momentos por el nefasto costado izquierdo. Si hubiese sido supersticioso habría corrido hacia el palacio, decidido a renunciar a mi misión al tiempo que derramaba sal sobre mi hombro. Y aun sin serlo no faltó demasiado para que tal hiciera.
—Que nos veas regresar, como Penélope a los marinos de Ítaca —respondí.

Rodábamos por una llanura desierta. La incalificable carretera remontaba el río Tanais hacia las nieves del Cáucaso. Yo guiaba los caballos e intentaba esquivar los baches del camino; Baiasca, recostada sobre las pieles, restauraba las fatigas del último semestre; y a buen seguro su hijo, sacudido por los traqueteos del carro, dedicaba feroces insultos al conductor en el indescifrado idioma de los nonatos.

La primera jornada transcurrió tan relajante y balsámica como recomendaría un médico a quien durante un año hubiese acosado criminales por las más concurridas vías romanas. Tan sólo la charla de la cémpsica, inéditamente locuaz tras su largo silencio forzoso, contrapunteaba la música del viento sobre los juncares. Al declinar el día me había instruido con tal minuciosidad sobre sus experiencias en la cantera que, en el improbable caso de decidir emplearme en ella, habría seguido sin dificultad cada una de sus rutinas. A intervalos se callaba, apretando la palma contra su regazo, y yo me concentraba en el paisaje con la clara comprensión de estar de sobra en el mudo diálogo maternofilial.

Pese a las objeciones de Baiasca, que recelaba un escita tras cada mata, encendí fuego, dispuesto a morir alanceado antes que congelado. Entre su rescoldo y las ruedas del carro, a la distancia de seguridad marcada por la esclava desde su cubículo, pasé la duermevela bajo tres mantas. Y con el primer destello entre los picos nevados recogimos nuestro mínimo campamento y continuamos la marcha.

El segundo día transcurrió sin la menor novedad, episódica ni paisajística. La pradera se extendía a ambos lados del río, yerma de moradores que tan poco hubiesen tenido que hacer en ella. Las montañas del fondo empezaban a cobrar forma, siniestras y afiladas como los dientes de un dragón, y las manos de Baiasca, apoyadas en su relieve ventral, adquirían un simbolismo de escudo preventivo.

Detuve el carro junto a un bosque ralo, mientras el sol se hundía lánguidamente en el herbazal.

—¿Paramos? —propuse—. Tu columna vertebral debe de recordar las ruinas de Micenas.

La cémpsica lanzó una ojeada cautelosa a su alrededor y asintió.

—Estoy un poco mareada —admitió.

Señalé hacia su convexidad.

—¿Qué cuenta ése?

—Creo que se aburre.

—Le habrás trasmitido instrucciones terminantes de no asomar antes de que lleguemos a Navarís.

—Espero que me haga caso. ¿Quieres saludarlo?

Aproximé la palma, con la precaución de quien tantea un cristal finísimo. Algo impactó en ella a través del chitón.

—¡Me ha pegado! —protesté.

Baiasca lució una sonrisa nueva.

—No te conoce. Hemos pasado muchas horas juntos en el barracón de las esclavas —amplió—. Todas las noches me despertaba y, mientras las demás dormían, lo acariciaba y hablaba con él a oscuras. Era el único momento bueno de la jornada.

Un brillo desconocido satinaba sus ojos. La examiné con atención.

—Te encuentro muy cambiada —comenté.

—Estoy hablando demasiado —supuso la cémpsica—. Creo que si vuelvo a mencionar las canteras me amordazarás.

—Me interesan muchísimo —negué—. Pero no me refería a eso. Iré a por agua —decidí—. Y después encenderé la hoguera.

—Puedo hacerlo yo.

—La conveniencia común es que descanses.

La brisa del crepúsculo mecía los juncos a la orilla. Baiasca los examinó con cierta aprensión.

—Vuelve pronto —rogó.

Caminé con el odre ladera abajo y me incliné sobre la corriente. El agua se remansaba junto a la orilla y reproducía el plácido paisaje con la exactitud cromática de un cuadro de Apeles. Paseé los ojos por su lisa superficie, contemplando las tonalidades púrpuras del ocaso, los picos invertidos del horizonte, casi engullidos por la oscuridad. Tras las cumbres y también cabeza abajo en el espejo, como un adorno colocado para completar la bravía estampa, un guerrero escita a caballo apuntaba meticulosamente una flecha; y sobre las patas del animal se proyectaba el talud herboso de la ribera opuesta, vestido de flores blancas. Un espléndido panorama en suma, tan idóneo para la serenidad del espíritu que sólo el zumbido de la saeta, cortando alegremente el aire hacia mi caja torácica, distrajo la beatitud de mis pensamientos.

Afortunadamente los griegos no habríamos colonizado el mundo si nuestros reflejos fuesen parangonables a los de un mortal común. Di un enérgico brinco de costado, como quien inicia una danza pírrica; e instantes después, al ver cómo el proyectil tronchaba a menos de un palmo una caña gruesa como el puño, me felicitaba calurosamente por mi decisión.

El siguiente y obvio movimiento, ante la probabilidad de que el enemigo contase con más flechas, era el de ocultarme entre los juncos. La lluvia de saetas que se abatió sobre el cañaveral, devastándolo como una pacífica aldea tras el paso de una legión romana, probó el enojo del escita por mi antideportivo comportamiento como blanco.

Un árbol solitario en la ribera mejoraba notablemente mi posición defensiva y tras él me guarecí, tan a tiempo como evidenciaron las tres flechas que sucesivamente se incrustaron en su tronco. Y de pronto una recia interjección, traducible aun por un profano en su idioma, acreditó que el bárbaro había agotado su aljaba. Separado como se hallaba por la bravía corriente del Tanais, su potencial agresivo quedaba reducido a sus feroces exclamaciones, sin duda desaprobadas por la buena sociedad escita si es que existía. Abandoné el refugio, con un notable incremento de su cólera.

El arquero golpeó los ijares de su caballo y galopando furiosamente por la orilla se alejó hacia occidente. No pude evitar una sonrisita burlona, complacido por aquel nuevo fracaso de la fuerza bruta ante la sagacidad helena.

Cuando le vi adentrarse en el río, a través del ensanche que éste formaba a unos trescientos pasos, y vadearlo con el agua al cuello de su montura, comprendí que debía rectificar a toda prisa alguno de mis planteamientos. El grito de Baiasca desde lo alto del carro y el gruñido de satisfacción del jinete testimoniaron que la cémpsica y nuestro visitante habían entrado en sus respectivos campos visuales.

Corrí hacia el vehículo. Baiasca había quedado petrificada sobre su pescante como una víctima de la Medusa, con las pupilas dilatadas; y si no erizaba sus cabellos era tan sólo porque su peculiar corte de pelo le privaba de materia que erizar. Blandí la espada de doble filo sin mucha marcialidad. El escita se aproximaba como una avalancha, empuñando con envidiable soltura un alfanje espantoso evidentemente destinado a la exploración de mis entrañas.

Los espejos del embajador relucieron en el arcón. Conforme a las instrucciones del bosforiano, sólo cumplían su cometido apaciguador si el escita tenía un buen día y nuestro visitante parecía hallarse en plena crisis de misantropía aguda. Pero al menos con su forma redonda y su sólido bastidor proporcionaban un escudo improvisado; de modo que abracé el primero que me vino a las manos.

El agresor rebasó la última ondulación del terreno. Baiasca gritó otra vez a pleno pulmón, mientras yo me adelantaba tres o cuatro pasos e improvisaba una pose defensiva, remotamente inspirada en las figuras de los frisos del Partenón.

Y en ese momento el escita frenó su cabalgadura. El caballo corveteó, tan cerca de mi cabeza que no pude evitar cerrar los ojos. Cuando los abrí el animal había girado grupas. Mi enemigo se volvió, miró una vez más en mi dirección y batió con los talones hasta alejarse por donde había venido. Si hubiese sido posible identificar emociones en su rostro ceñudo, habría asegurado que estaba muerto de miedo.

Me volví hacia Baiasca. El color empezaba a regresar nota a nota a su rostro; y no puedo asegurar que el mío mejorase su tonalidad.

—¿Alguien tiene una explicación sobre lo que ha sucedido aquí? —planteé.

—Vámonos —rogó la cémpsica—. Lo discutiremos por el camino.

Azucé los caballos y éstos emprendieron un trote tan vivaz como permitían los cráteres del sendero. Dos gotas de sangre cayeron sobre el pescante. Me miré la palma de la mano, surcada por un tajo profundo.

—¡Te ha herido! —se alarmó la esclava.

—He aprendido una buena lección para el próximo combate singular —desmentí—. Es mejor coger la espada por la empuñadura que por el filo.

—Hay que curarte.

—¿Antes o después de que pongamos tierra de por medio?

La joven sopesó ambas posibilidades.

—¿Puedes resistir? —Hice un gesto afirmativo—. Mejor después.

La noche reptaba a nuestro encuentro entre los matorrales. Fui disminuyendo el ritmo de los caballos, temeroso de partir un eje en un hoyo invisible. Cuando el dios Helios, apagando su último rayo, dio por concluida la jornada laboral, tiré de las riendas hasta detener el vehículo.

—No hay indicios de que nos persiga el ejército escita —informé—. Y no creo que te convenga un vuelco del carro.

Baiasca miró a su alrededor y asintió. Nos hallábamos en medio de un bosque abierto. La luna asomaba sobre las copas una bola enrojecida, como si le ruborizase tener espectadores en aquellas soledades.

—¿Cómo te encuentras?

—Creía que el vientre se me había convertido en una piedra. Pero se me está pasando.

La cémpsica se calzó las botas, con el leve suspiro que le producía su presión en los tobillos hinchados. La ayudé a descender y me acompañó a llenar el odre. A continuación, sentados sobre una roca de la ribera, vendó cuidadosamente mi herida con lienzo blanco.

—El gran Lisímaco se ha lesionado en su mano maestra —comenté—. Será una buena excusa si las sacerdotisas se empeñan en que les muestre mi arte nada más llegar.

—He pasado mucho miedo —comentó la esclava—. Hasta ahora en la cantera sólo había conocido escitas domesticados.

—Éste se hallaba en manifiesto estado silvestre. ¿Qué le habrá puesto en fuga? —volví a plantear—. Podemos descartar que se haya tratado de mi fiereza guerrera. ¿Y si en su religión fuese un gran pecado atacar a una mujer encinta? En algunos pueblos bárbaros se considera tabú.

La cémpsica meditó.

—A juzgar por cómo corría, debe de ser un pecado gravísimo. Hay otra posibilidad —reveló a media voz, como si ella misma temiera oírla.

—¿Cuál?

—Que haya visto algo detrás de nosotros.

—¿Te refieres quizás a una visión espantable, que ni tú ni yo llegamos a percibir pero susceptible de ahuyentar a un guerrero a tal velocidad que por poco pierde el caballo? —La cémpsica asintió—. Es lo primero que he pensado —confesé—. Pero prefería no comentártelo. —La esclava estaba sentada en el borde opuesto de la roca. Al escucharme aproximó su posición hasta un palmo—. También cabe que se haya visto en el espejo. El susto estaría más que justificado. —Baiasca no se molestó en sonreír, evidenciando que su pensamiento continuaba fijo en la anterior hipótesis—. ¿Cenamos? Es una noche excelente para abrir un ánfora de Clazómene. Para ti hay agua del río —recordé—. No te gustaba el alcohol.

Cenar con una mujer en el silencio del bosque, al claro de luna y junto a las llamas de una hoguera constituye sin duda una actividad placentera, tan grata a un hombre sensible como puedan serlo para un romano los estertores de un gladiador desventrado. Sin embargo, aunque el Tanais aportase sus melodías fluyentes y las salazones crujiesen nutritivamente bajo la fresca brisa nocturna, no puede decirse que la velada resultase brillante. La actitud de Baiasca, con la atención dividida entre los fantasmas que tal vez flotaban sobre las copas y los escitas que sin duda nos espiaban desde las breñas, contribuyó de forma decisiva a deslucirla.

—No hay que dejarse impresionar —recomendé una vez más mientras apurábamos los cuencos—. Esas apariciones terroríficas no son más que conjeturas. Y topar con un escita es un accidente natural en la pradera, como encontrar una manada de lobos o... ¿Un poco más de leche? —desvié—. Tienes que ir preparando tus reservas.

—Él también se ha puesto nervioso —informó la cémpsica. Rozó su abultamiento con la punta de los dedos y añadió—: Está muy tenso. Si no te creyese capaz de hacerlo te diría que se puede tocar el tambor. —Contemplé a la esclava con cierta alarma y ella sonrió—. No te preocupes. Se pasa enseguida y no vuelve hasta después de un rato.

—Menos mal —medité brevemente y regresé al tema—. No entiendo nada pero, ¿seguro que eso es tranquilizador?

—Sólo he visto partos de vacas —confesó Baiasca—. Y no me contaban sus experiencias. De todas maneras es pronto para inquietarse. Según mis cálculos sólo estoy de ocho meses y medio.

—Lo único que sé en esta materia es que las mujeres se hacen siempre un lío con la cuenta.

La cémpsica se incorporó con la larga maniobra habitual, anduvo hacia el vehículo y recogió sus mantas.

—Prefiero no quedarme en el carro —comunicó—. Me sentiría encerrada, a merced de cualquiera que viniese.

—Me alegro. Yo no tengo esas aprensiones y dormiré bastante más calentito.

La esclava extendió las pieles cerca de las brasas.

—Quédate conmigo —rogó de repente.

—Me parece una alternativa muy prometedora.

—Quiero decir cerca del fuego —se apresuró a especificar—. Tengo mucho miedo.

Tomé mis cobertores y contabilicé los seis pasos de ordenanza.

—Ya lo sabía —respondí.

Baiasca acomodó su prominencia entre las pieles. Me guarecí bajo las mías. La luna había olvidado sus rubores y lucía un rostro carrilludo y áureo, nimbado sobre el cielo frío. Un caballo emitió un gemido lúgubre y los dos levantamos a un tiempo la cabeza.

—Piensa en cosas alegres —recomendé—. Por ejemplo una Baiasquita con su muñeca entre los brazos.

—Prefiero niño.

—Pues en tu hijo con una espada de madera, corriendo hacia vuestra cabaña cémpsica.

La esclava suspiró.

—Queda muy lejos.

—La vida es injusta, ¿verdad? Quiero decir que alguien como tú debería dar a luz al calor de su hogar, mimada por los suyos; no en esta tierra absurda, sin más ayuda que la de un ateniense semidesconocido.

Pensé que Baiasca negaría esta última cualidad. Pero ella optó por quebrar la voz.

—Hablaste de cosas alegres —protestó—, y estoy a punto de echarme a llorar.

—Creo que será preferible un discreto silencio.

Los antecedentes presagiaban una noche agitada, malgastada en vana persecución del reposo. Las fatigas y emociones acumuladas obraron sin embargo el milagro y antes de que los tizones de la lumbre aumentasen su incandescencia en la anchura de un dedo, ya mis plácidos ronquidos se acompasaban con los mil rumores nocturnos del bosque.

El recuerdo del escita no dejó de acompañar al sueño, como la sombra al vuelo del halcón. Con tal persistencia que cuando, unas cuantas horas después, una mano se posó en mi hombro di un brinco instantáneo, a punto para lanzarme precautoriamente sobre el visitante. La noción de que se trataba de Baiasca dulcificó mis intenciones.

—¿Ocurre algo? —me interesé cortésmente.

—No he podido pegar ojo. El vientre no ha dejado de ponerse tenso.

Me dispuse a reanudar el descanso interrumpido.

—No estás relajada —reproché con suavidad—. Cuenta legionarios romanos desfilando bajo un arco triunfal; siempre te duermes antes del tercer manípulo. O recita uno de los diálogos de Platón, que aún producen un efecto más fulminante.

—Cada vez pasa menos tiempo entre las contracciones —informó con un susurro la esclava—. Y al levantarme he dejado un charquito sobre la hierba.

Al empezar la frase mis párpados volvían a adherirse, atraídos por un irresistible imán; cuando concluyó, el búho de Minerva me habría tomado por un primo cercano.

—¡Por las babas de Medusa! —fue mi espontánea aportación.

Baiasca describió una circunferencia por el claro con rápidas zancadas, resoplando como una alegoría del nerviosismo.

—¿Duele? —interrogué

—Muy poco. Pero estoy asustada.

—Confía en mi ayuda. He tenido nueve hermanos.

—¿Y cuál eres tú?

—El más pequeño —reconocí. Ella se pasó la palma por los pómulos—. ¿Qué te ocurre?

La esclava se esforzó por tragarse las lágrimas sin conseguirlo.

—Se me pasará —habló entre dientes.

—Prefieres estar un rato sola, ¿verdad?

La cémpsica cabeceó afirmativamente. Eché a andar hacia los árboles.

—No demasiado sola —especificó.

Durante los minutos siguientes Baiasca recorrió el claro en todas las direcciones como una patrulla de ronda. Permanecí en el límite del bosque, discretamente sentado sobre un árbol caído. A intervalos, cada vez más cercanos, se detenía y se acuclillaba con un sollozo contenido. Al fin la muchacha anduvo hacia mi posición y se acurrucó sobre el tronco con un gemido, al tiempo que se llevaba las manos a los costados.

—Me hacen daño —reveló

—Hay que irse preparando —dictaminé con frialdad profesional; tras lo cual me repetí mentalmente el mensaje, con bastante menos convicción. En realidad ya hacía tiempo que sofocaba el impulso de echar a correr por el bosque, pidiendo ayuda a gritos incluso al escita de la tarde.

Bajo nuestras suelas se extendía un lecho de hierba. Tanteé su fondo hasta despejarlo de obstáculos. A continuación tomé a Baiasca por el codo y la auxilié a tenderse boca arriba, con los pies rozando el tronco. La cémpsica se dejó conducir entre suspiros, como un reo camino del patíbulo. Le quité las botas con suavidad. Después acudí al carro, recogí toda la ropa limpia del equipaje y oculté en ella la espada de doble filo. Aunque no tenía muy claro el qué, mis conocimientos sobre la materia indicaban que, en algún momento, habría que cortar algo.

Busqué una piedra gruesa, la acerqué a la cabecera y me senté. La luna había descendido y enfocaba oblicuamente a la parturienta, como una comadrona dispuesta a controlar su dilatación. Rocé con los dedos la mejilla húmeda de Baiasca.

—Hay que mantener el control —me autosugestioné en voz alta—. Es un proceso natural, por el que todas nuestras madres han pasado. Ve explicándome los síntomas.

La muchacha aferró con fuerza mi antebrazo y encogió las piernas.

—¡Aumm! —fue, tal vez en cémpsico, su sorprendente definición.

Baiasca permaneció con el aliento en suspenso, la cabeza levantada y los ojos muy abiertos, como si aguardase la aparición de uno de los renombrados fantasmas locales. Al momento volvió a plegarse, y, estrujando mi mano entre sus dedos, emitió un quejido lastimero.

—Duele —notificó con un hilo de voz

A falta de mejor paliativo, le sequé el sudor remansado en la frente.

—Yo lo resisto bien —aporté.

—¡Ahí vuelve! —se angustió la cémpsica; y esta vez su gemido prosperó hasta alcanzar la categoría de grito.

Las contracciones se fueron sucediendo con un compás sistemático, lenta pero implacablemente acelerado. Los lamentos de Baiasca ganaron intensidad al mismo ritmo, mientras sus uñas insistían en excavar las honduras de mi metacarpo. La noche viraba hacia el azulado y un ojal de luz abría brecha entre sus sombras, como si el cielo iniciase un mimético parto del día.

Baiasca se aovilló, en un intento baldío de flexionar las rodillas hacia el pecho, y apretó su mano libre contra el abultamiento. A continuación se distendió cautelosamente y rompió a llorar, con un desbordamiento incontenible.

—Las romanas tienen prohibido lamentarse en el parto —exhorté—. Murmuran oraciones a la diosa Ilitia y recuerdan a Mucio Escévola, que se dejó quemar la mano sin un suspiro. —Un sollozo coincidente con el siguiente encogimiento, probó la diversidad de costumbres—. Ya debe de quedar poco —aventuré.

La cémpsica reanudó su llanto silencioso. Sus facciones se habían desencajado hasta el punto de amenazar desprendimiento.

—Creo que voy a romperme —musitó—. ¡Otra vez! —La muchacha estiró las piernas y batió con los pies contra el tronco, como si hubiese divisado una oruga nociva. Tras lo cual se liberó de mi mano y se debatió sobre la pradera—. No puedo más.

—Claro que puedes.

La respuesta fue un plañido desgarrador. Baiasca apretó sus plantas contra el árbol, como si pretendiera injertarse en él. A continuación despegó los omoplatos del suelo. Iniciaba el gesto de levantarse cuando la así por los hombros y, con desusada falta de caballerosidad, los incrusté contra la hierba hasta completar un tocado de espaldas, en el mejor estilo de la lucha olímpica.

—Calma —susurré—. Lo peor ya ha pasado.

Baiasca se esforzó por mirarme entre las lágrimas.

—¿Cómo lo sabes?

—No tengo ni idea. Pero cualquiera te dice lo contrario. —La cémpsica tensó los músculos de las piernas. Aumenté mi presión en prevención de un nuevo intento de fuga pero se limitó a exhalar un alarido entrecortado—. Echaré un vistazo —ofrecí.

Di la vuelta al tronco caído e indagué con cierta aprensión. Y al punto mi corazón redobló sus palpitaciones, como el coro intensifica sus murmullos ante el clímax de la tragedia.

—No puedo precisar si es un niño o una tortuga —informé—; pero aquí hay una cabeza.

Y coincidiendo con estas palabras el vientre de la cémpsica se atirantó; hubo un leve burbujeo; y una figura rosada, envuelta en grasa y otros materiales untuosos en cuya composición prefiero no entrar, asomó entre las rodillas de Baiasca.

El recién llegado se detuvo, con la precaución de quien explora un territorio desconocido; y con un nuevo impulso surcó el aire como un buceador camino de las ondas. Lo atrapé al vuelo por muy poco, no sin grave detrimento de mi clámide.

Una cinta carnosa trababa el abdomen del neonato. Alcé la espada con el gesto de quien prepara la decapitación. Baiasca suspendió su postración para gritar:

—¡Hay que hacer dos nudos!

Medité dónde. A continuación desgarré dos trozos de tela y me esforcé en componer sendos torniquetes alrededor del cordón. Siguió una lucha a brazo partido, en todo similar a la de Apolo con la serpiente Pitón. Por fortuna la diosa Ilitia guió mis movimientos y ante mi inmensa sorpresa el cable resultó doblemente agarrotado y seccionado de un limpio tajo entre las ligaduras.

Solté el arma, me encaré con el retoño y le propiné un cachete. Más adelante me sería revelado por expertos que el impacto solía ejecutarse en zonas más carnosas, pero por lo que se refiere a provocar el llanto, la eficacia de mi acción fue indiscutible. El agredido llenó sus pulmones con el limpio aire de la pradera; tras lo cual arreció en sus lloros, en evidente desaprobación de la experiencia. Baiasca lo contemplaba con asombro, como quien presencia la aparición de una esfinge alada.

—Es niño —felicité. La cémpsica se incorporó sobre los codos. A continuación reincidió en sus lágrimas, gruesas como goterones. Presencié con perplejidad el dúo materno-filial—. Tal vez sea un poco decepcionante a primera vista —justifiqué—. Pero mejorará cuando le quitemos el pringue.

Las aguas del Tanais se teñían de anaranjado bajo los haces del sol bostezante. Transporté al recién nacido a la ribera y lo sujeté con dificultad por sus resbaladizos asideros, a punto de sumergirlo en la corriente como a Aquiles en la laguna Estigia. Tras lo cual empapé un lienzo y eliminé pacientemente su envoltura grasienta. No pareció apreciar en absoluto mi tarea y aun intentó sabotearla con unas incalificables producciones negruzcas, pero pese a sus pataleos completé la limpieza y lo sequé con vigor, inmune a los aullidos del ingrato.

Regresé junto a Baiasca, estática sobre la hierba. Junto al tronco yacía una especie de babosa gigante y azulada. Iba a matarla de un pisotón cuando reparé en que, inserta como se hallaba en el cordón umbilical, debía de formar parte de los misteriosos mecanismos del parto.

La boca de la cémpsica había adquirido un tinte violáceo, llamativo en la palidez de sus facciones como un geranio sobre la nieve. Empezaba a intranquilizarme su inmovilidad cuando ella sonrió y levantó la vista, con tal densidad de miel en su mirada que, de no concurrir la certeza de que no era yo el destinatario, no habría podido evitar el ademán de relamerme.

—Es precioso —definió.

—Un tanto impresionable por el momento. Pero la verdad es que es muy guapo. —La brisa matutina erizaba la piel del recién llegado, aumentando sus protestas—. Voy a vestirlo.

—Déjame el odre cerca —susurró Baiasca.

Anduve hacia el carro, registré mi equipaje y verifiqué que mi propósito de vestir a la criatura, proclamado con la seguridad de un sastre de la vía Lata, resultaba bastante más fácil de enunciar que de llevar a la práctica. Al fin corté mi túnica de repuesto en rectángulos desiguales y fui envolviendo en ellos al infante, a semejanza de una col. El llanto se intensificó muy justificadamente.

Baiasca había completado el aseo y se había desplazado hacia la hierba limpia. La proximidad de su vástago ensanchó con una sonrisa sus rasgos fatigados. Cuando tendió las manos le transferí mi carga. Ella la depositó sobre su pecho, con la precaución de quien manipula una terracota finísima, apoyó la cabecita en su clavícula y la protegió con los brazos.

—Pobrecito —le consoló, con un terrón de azúcar disuelto en cada sílaba—. Cómo le has puesto.

—Es culpa suya —me defendí—. No ha dejado de moverse. —Lancé una ojeada a mi alrededor. Sobre la neblina que rodeaba el bosque se levantaba un pequeño otero, apenas un túmulo de rocas amontonadas. Sendas columnas de humo escoltaban hacia las alturas la respiración de los caballos—. No podéis quedaros aquí. Hay que buscar un refugio. —La cémpsica asintió—. ¿Puedes resistir un rato sola?

Ella aumentó la presión sobre su retoño.

—Ahora estoy acompañada —declaró.

Crucé la arboleda y escalé las piedras de la colina. Sobre el primer repecho se abría una caverna. La exploré a conciencia —tarea bien sencilla, pues no medía más de diez pasos de hondo— y una vez comprobadas sus calidades de sequedad y abrigo, así como la ausencia de osos de las espeluncas y alimañas similares, la aprobé definitivamente como primera morada del recién nacido.

Regresé raudamente al claro. Baiasca se había levantado con harta imprudencia y de rodillas junto al tronco recomponía la indumentaria de su hijo, tendido sobre la corteza. Al verme llegar se levantó con la criatura en brazos; dio un par de pasos vacilantes, descalza sobre el rocío de los tréboles; y entornando los ojos cedió en su verticalidad, camino de una estimable costalada si yo, acudiendo a la carrera, no la hubiese recogido por la espalda.

La levanté en volandas. Pese al desfallecimiento mantenía bien aferrado al recién nacido, que dormía con absoluta indiferencia hacia aquellos vaivenes. La cémpsica izó los párpados y sonrió una vez más, ahondando los hoyuelos de sus mejillas.

—Está completo —informó con voz débil—. Y me encanta.

—He encontrado una buena cueva. Con todas las comodidades de la vida moderna y en la mejor zona del bosque.

Creo que si le hubiese anunciado el hallazgo de un centauro no me habría prestado más atención.

—Es moreno —amplió optimistamente, señalando las cuatro hebras casi imperceptibles que adornaban la cabeza monda—. Como buen cémpsico.

—Por el momento lleváis el mismo peinado.

—Él tiene los ojos verdes.

—No puede decirse que peséis mucho, considerados de uno en uno; pero creo que apreciaré mejor las bellezas de tu hijo después de depositaros en la cueva.

Recorrí el bosque con la familia a cuestas como Eneas escapando de Troya; la aupé colina arriba entre resoplidos, con un recuerdo a los sufridos porteadores del palanquín, y los descargué en la antesala de la gruta. Baiasca recostó la espalda sobre una roca con su preciado envoltorio en brazos. El color regresaba poco a poco a sus facciones.

Volví al claro, recogí las botas y la capa de la cémpsica y oculté el vehículo en la espesura. Tras lo cual, acarreando todas las pieles y mantas del equipaje como un caracol su concha, estiré de los caballos hasta la cueva y los aseguré en su entrada. Baiasca temblaba de pies a cabeza.

—¿Algún fantasma nuevo? —me interesé.

—Tengo muchísimo frío. Como si me hubiesen metido un bloque de hielo en el cuerpo.

Me adentré en la caverna y confeccioné un rudimentario nido con las pieles. La cémpsica anduvo hacia él, algo tambaleante, se tendió con cautela y apoyó al niño sobre su hombro. Arropé a la pareja con el pensamiento de que sólo me faltaba sentarme sobre ellos y cacarear para completar mi remedo de una gallina clueca. Después me incliné sobre Baiasca y posé un beso en su mejilla.

—Enhorabuena —felicité.

La sonrisa se había convertido en un elemento constitutivo de los rasgos de la cémpsica.

—Estoy muy contenta —confirmó.

—Ya tienes cara de madraza.

—Me ha dolido; pero ha sido muy bonito.

—Aunque no me toque nada en esta fiesta, también yo me he emocionado un poco —admití.

—Claro que te toca. Has sido mi comadrona; y lo has hecho muy bien.

La voz de la joven se apagaba gradualmente, como un surtidor agotado. Iba a exponer mi preferencia por papeles más heroicos pero me callé; en el fondo me había encantado mi actuación. Me alejaba para encender el fuego cuando planteé:

—¿Cómo va a llamarse? No quisiera meterme donde no me llaman, pero Diomedes es un nombre precioso; eufónico, conciso y de alta raigambre clásica.

Los ojos de la esclava relampaguearon, en una precipitación de estrellitas fugaces.

—En realidad lo tenía pensado —reveló.

—¿Cuál?

—Agua libre que corre saltando entre las peñas.

Medité sobre el enunciado.

—Me gusta —aprobé—. Pero cuando le llames para comer se enfriará el plato antes de que acabes.

Ella amplió su sonrisa.

—En cémpsico —precisó con un susurro—. Se dice Anx.

Y, cerrando los ojos, quedó tan dormida como su vástago.

IV

Los que se han preocupado de estas materias, como mi amigo Meríones, filósofo del Liceo, aseguran que los humanos más antiguos habitaban en cavernas, más o menos como los romanos en los tiempos en que los atenienses levantábamos la Acrópolis y compilábamos las leyes solonianas. Mi experiencia particular, cobijado en la cueva durante los cinco días que siguieron en compañía de Baiasca y del joven Anx, acredita que nos proporcionó un albergue arcádico y relajante, impermeable a la más mínima añoranza de la civilización.

Durante la primera jornada madre e hijo durmieron, entreverado el descanso de la primera por ansiedades repentinas sobre el estado de su vástago e incontenibles necesidades de chascar la lengua en su presencia, balancear la cabeza y otras manifestaciones de chifladura que, de no mediar la atenuante de la maternidad, habrían conducido a la formación de tutela para su autora. En cuanto a Anx, acurrucado junto al hombro de Baiasca con la expresión de quien goza de los sueños más selectos, tan sólo interrumpía éstos para dedicarnos sonoras llantinas, que empurpuraban su faz hasta hacerle semejar una guindilla gritona.

Al segundo día empezamos a atribuir al hambre la persistencia de sus protestas. Por mi cuenta y con la mejor voluntad recogí una cesta de bayas del bosque, tan tiernas como parecían requerir las encías del recién nacido. Me las comí filosóficamente, sentado en el exterior de la gruta mientras Baiasca se entregaba a misteriosas indagaciones privadas en demanda de la leche que, como la que repartían en mi infancia los vaqueros del Limnai, había de llegar de un momento a otro. Hasta entonces el niño debería conformarse con una enigmática sustancia llamada calostro, que a juzgar por los vagidos con que amenizaba nuestro descanso nocturno no se correspondía con su idea de una mesa bien surtida.

En el segundo amanecer la leche subió con la potencia de la marea; colmó los lactiductos de la cémpsica, dotándola de cierto parecido con la Artemisa efesia; y rebosó sus depósitos hasta calar el chitón. Anx apreció el surtidor, conforme a su silencio interesado y la placidez del sueño subsiguiente; y desde entonces requirió su néctar a intervalos periódicos con la exactitud de una clepsidra, hasta expulsar de la cueva la más mínima esperanza de reposo continuado.

Antes de cada toma yo abandonaba la caverna, como corresponde a un caballero heleno; y las pocas veces en que me distraía era expulsado por Baiasca, muy celosa de la intimidad familiar. Tan sólo en una ocasión, con la angustia de quien se ve rodeado por las llamas, me reclamó en auxilio de su mocoso que, obturada la laringe por una burbuja de aire, adquiría por momentos el color de una remolacha madura. Lo sacudí boca abajo, en venganza de las horas de sueño frustradas la noche anterior, lo restituí a su banquete y regresé a mi posición de vigía.

Al concluir la colación yo recogía al niño y lo paseaba por la cueva, en espera de una exhalación que habría excluido a su autor de futuras invitaciones de la aristocracia ateniense; acompañada con enojosa frecuencia de regurgitaciones lácteas certeramente dirigidas sobre mi clámide. Baiasca nos seguía con la mirada desde el lecho de pieles, arrobada ante las inurbanidades de su retoño, con la sonrisa radiante que ni siquiera las horas de vigilia habían borrado de su rostro desde el alumbramiento.

Semejante apetito en un ser de impulsos primarios sólo podía generar desagradables consecuencias y en efecto el trasiego hacia el río de los lienzos en que envolvíamos al pequeño, repugnantemente coloreados, se convirtió en una ingrata rutina de aquel período. Fuera por temor a las alturas, fuera por su acreditada aversión hacia la limpieza de mi clámide, Anx solía escoger para sus nauseabundas producciones los momentos en que yo lo alzaba en volandas, intentando protegerlo de los arrumacos de su madre. Pronto aprendí a identificar su expresión de concentración, similar a la de Aristóteles en el acto de elaborar una máxima, y el repentino color bermejo que encendía sus facciones. Nada predecía sin embargo la inundación de sus pañales, cuya frecuencia y copiosidad me impulsaban a amenazarle con nuevos nudos tan drásticos como los practicados en su cordón umbilical.

La recuperación de la cémpsica avanzó a buen ritmo. Pronto empezó a calzarse las botas y a pasear por las afueras de la cueva, inmune a mis objeciones. Por esas incógnitas conexiones del cuerpo humano, las succiones de Anx convulsionaban dolorosamente sus entrañas, pero apenas si se quejaba en contraste con su comportamiento tan poco estoico durante el parto. Era de pies a cabeza una Baiasca nueva, con la mirada abrillantada por un barniz de ilusión y tal resolución inédita en sus gestos que si en uno de mis recorridos por el bosque hubiese divisado al escita de las flechas, entrando en la gruta con nocivas intenciones para el niño, creo que me habría apresurado a correr en auxilio del escita.

Por las noches yo avivaba las llamas y me tendía a la vera del fuego, a la inflexible distancia de seguridad marcada por la esclava, mientras ésta se dedicaba a parlotear en cémpsico con su retoño, mordisquear sus costados y otros comportamientos igualmente anómalos en un adulto. Una duda jurídica rondaba por mi mente: la condición del hijo de una aigmalótida conforme a la ley bosforiana, que con toda probabilidad lo declararía de propiedad pública, sustraíble a la madre con el final de la lactancia. No era aquélla, por razones obvias, cuestión para ser expuesta a la feliz Baiasca, pero alguna duda debía de rondarle a juzgar por sus evasivas cada vez que me interesaba por su estado y comentaba la perentoriedad de reemprender la marcha.

Con el sexto amanecer el puño del deber llamó pesadamente a mi conciencia. Yo estaba cumpliendo una misión, con notable retraso en aquellos momentos, y no podíamos rehuir el destino naturalizándonos en la pradera escita. Por otra parte las provisiones empezaban a escasear y mis pinitos como cazador se habían saldado con un fracaso rotundo. Los conejos, que sin duda jugaban al corro a mis espaldas conforme yo me adentraba en el bosque, adquirían al volverme la invisibilidad de los fantasmas bosforianos, y en la única ocasión en que una liebre se me puso al alcance, visiblemente coja por algún accidente selvático, la bestezuela me miró con tanta pena que a punto estuve de entablillarla.

Baiasca bajó levemente la cabeza cuando le expuse mis reparos ante la defraudada confianza de la princesa Iridia.

—Me encuentro bien —aceptó—. Puedo resistir el viaje.

—Yo también estoy muy a gusto aquí. Pero no podemos esperar hasta que Anx tenga la edad de alistarse.

—Tienes razón —convino la cémpsica—. Ya te he hecho perder demasiado tiempo.

—A mí me ha encantado —puntualicé.

Avistamos Navarís mediada la mañana siguiente, bajo unos nubarrones tenebrosos que extendían sus garras sobre el horizonte. La ciudad recortaba sus recias fortificaciones sobre el fondo de los picos nevados, encaramada a la ladera y coronada por una Acrópolis más bien torva. Baiasca se embozó en su manta, como sobrecogida por el panorama, mientras Anx lo desaprobaba abiertamente con una de sus explosivas llantinas.

Atravesamos el portalón, tan custodiado como si la ciudad se dispusiera para un asedio, y traqueteamos cuesta arriba bajo la mirada ceñuda de los militares transeúntes. Un rumor de pisadas rítmicas invisibles entre las callejas atronaba el ambiente. Unos cuantos aigmalótidos, tiritando bajo sus harapos cenicientos, constituían la única muestra visible de población civil. La cémpsica se acarició su coronilla, en un gesto instintivo, y abrazó a su hijo con más fuerza.

Tras unos intercambios con navarianos monosilábicos, quizás temerosos de congelar su epiglotis, extraje de las columnas de vapor que proferían los datos suficientes para detener el vehículo a la puerta del palacio del gobernador, en un lateral de la Acrópolis. Y en un nuevo diálogo con el que de entrada tomé por el tonto oficial de la ciudad, para descubrir después su personalidad de mayordomo jefe, obtuve la información de que Remetalces me aguardaba, lógicamente inquieto por mi retraso y a punto de ordenar una incursión vengadora que arrasara no menos de seis poblados escitas.

Fuera por el lógico cansancio del viaje, fuera por los recelos que su condición de aigmalótida camuflada le suscitaba, Baiasca no mostró ningún deseo de vida social, de modo que comencé por acompañarla a nuestros aposentos. Consistían en una estancia resguardada, atendida por una regordeta —la esposa del mayordomo, según se presentó— que se deshizo en gorjeos ante la presencia de Anx. Al momento avivó el fuego, transportó en volandas a Baiasca hasta arroparla en la cama y acarreó un canasto de mimbre en el que instaló al niño con tal solicitud que, mitigados los temores sobre la hospitalidad navariana, la sonrisa maternal volvió al rostro de la cémpsica y yo pude despedirme con un guiño y encaminarme hacia Remetalces.

El terror de los escitas me aguardaba en su gélida sala de audiencias, en equilibrio sobre un taburete de cuero y ceñido con una férrea armadura. Bajo el metal vestía una túnica de manga corta, atuendo más bien contradictorio con la temperatura pero imprescindible para lucir el mapa en relieve de sus bíceps. Todo un muestrario de armería, de la espada de doble filo a la daga, pendía de sus arreos. El hombre irguió su nariz aguileña, como quien presta su faz al anverso de una moneda, posó en mí una mirada tan fría como el ambiente y habló:

—Has tardado en llegar; como la muerte se demora para el guerrero herido en el vientre.

Tardé unos instantes en captar el mensaje. Luego advertí que había perdido la costumbre de oír hablar en bosforiano.

—Mi mujer se puso de parto —justifiqué—. Como la diosa Leto en Ortigia.

—Mis tropas se disponían a cobrar tu pérdida. Me he propuesto hacer seguro el camino entre Tanais y Navarís —informó el gobernador—. Mil escitas sucumbirán por cada heleno que sea atacado.

—Me parece una proporción muy razonable.

—Si no fuese un hombre de armas, insensible a los refinamientos estéticos, te diría que es un honor tener entre nosotros al más insigne artista de la Hélade.

Hice un gesto displicente.

—Démoslo por manifestado —concedí.

Remetalces se mesó la barba en un gesto nervioso.

—La princesa Iridia ama el arte con pasión —recordó—; como la pantera la sangre de sus víctimas.

—La comparación es algo ruda, pero sin duda exacta.

Una vena se hinchó junto a la sien del militar.

—Sería sorprendente que no hubiese aprovechado tu estancia para pedirte un retrato.

—Un apunte solamente —desdramaticé—. Con su mejor ropa de abrigo, por cierto —me apresuré a precisar—. Estos días ha hecho mucho frío en Tanais.

—El palacio está a tu disposición —se resignó el gobernador—. Son las órdenes de Iridia. Un guía te espera en la puerta para acompañarte a donde desees. Y si me permites un consejo, te recomendaría que desearas sin tardanza acudir al templo de Diana. También Laodicea, la suma sacerdotisa, aguarda desde hace varios días y no es mujer que se caracterice por su paciencia.

—Creo que te haré caso.

—Charlaremos más ampliamente por la noche. Tal vez cuando termines con la bóveda aceptes un encargo particular.

—Dijiste que no te interesaba el arte.

—Me refería a frisos olímpicos, cuadros de sátiros y ninfas y demás pamplinas. Quiero una estatua ecuestre. Con la espada en la mano, pisoteando a los enemigos vencidos.

—Eso es arte romano —me escandalicé.

—Haremos bien en empezar a copiar a los romanos. De momento han dominado el mundo. Mi caballo posará magníficamente —amplió el gigantón—. Y por lo que se refiere a los enemigos pisoteados, no será difícil encontrar modelos. Cuando tengas un rato libre me dibujarás unos apuntes.

—Me he herido la derecha —me exculpé—. Combatiendo cuerpo a cuerpo con un jinete escita.

Remetalces me miró con cierto desdén, como si en su consideración una lucha con menos de diez escitas no justificase un rasguño.

—Con un esbozo será suficiente —se conformó.

Lo que Remetalces había definido en un arrebato de optimismo como guía resultó un ser rechoncho y gutural, oculto bajo un revoltijo de barbas y pieles como el cogollo de una alcachofa tras sus hojas. Experimenté brevemente su incapacidad de enhebrar una consonante con la esperada vocal y logré, tras ímprobos esfuerzos, que se pusiera en marcha hacia la muralla exterior.

El camino dejó atrás el mogote sobre el que se aupaba la ciudad y se adentró por breñas deshabitadas, en dirección opuesta al río. Un viento brusco sacudía los zarzales. Yo llevaba bajo el brazo los bocetos de Lisímaco, al cinto la espada de doble filo y me esforzaba por silbar una tonadilla despreocupada, mientras el guía carraspeaba un par de pasos más adelante y emitía toda clase de desagradables sonidos nasales.

Y de pronto, tras un recodo, surgió el templo de Diana. Era una construcción imponente, con la grácil reciedumbre del arte dórico, que erguía su columnata sobre una colina escarpada. A sus pies se extendía una arboleda espesa y negra como los dominios de Hades. Ni un solo pájaro volaba bajo el cielo gris, como si las propias aves temiesen desafiar la prohibición divina. Paseé la mirada por los riscos circundantes.

—¿Dónde está la cueva del Orco? —me interesé.

—Hmm —respondió como de costumbre el guía. Miré hacia el lugar indicado, como es lógico no por las palabras de mi instructor sino por su brazo extendido. En lo alto de una talud casi inaccesible se abría un lóbrego agujero taponado por la maleza—. ¿Dónde quieres ir? —se interesó el navariamo.

—A mi casa en el Janículo —bisbiseé—. Quiero decir al templo. La suma sacerdotisa me espera.

—A partir de esos árboles empieza el bosque sagrado. Sólo hay que seguir el camino. Yo no puedo pasar.

Adelanté dos pasos y me volví.

—¿Estás seguro de que yo sí puedo? —planteé; pero ya se había alejado hasta confundirse con las breñas.

La senda se adentraba temerosamente en el bosque, casi engullida por los abetos. El frontón del templo asomaba su proa vigilante entre las copas. Oculté la espada en un fresal y avancé con cierta expectación. Al fin y al cabo el autorizado para penetrar en el recinto era el verdadero Lisímaco y mi suplantación, de dudoso éxito entre las sacerdotisas, difícilmente podía pasar desapercibida a los vengativos rayos de la diosa.

Bien por transitoria benevolencia de ésta, bien porque se encontrase de cacería, el caso es que no fulgió centella alguna y yo dejé atrás los árboles, ascendí por una vereda recortada sobre el precipicio y alcancé la breve explanada que encaraba la puerta principal.

Y al momento, como un coro de bacantes saludando la llegada del dios Dionisos, cinco mujeres se precipitaron a mi encuentro. Nunca había experimentado tal poder de convocatoria sobre las féminas y sin duda me habría sentido halagado de no ser por la ceñuda expresión de las concurrentes y por el afilado venablo que cada una apuntaba hacia mis costillas.

—¡Lisímaco de Megara! —exhalé, como quien pronuncia un conjuro—. Tengo permiso de la suma sacerdotisa.

Las agresoras detuvieron su acción. La que parecía la jefa de escuadra me miró fijamente, con la expresión de quien pensara que mi congelación como intruso en el Tanais sólo produciría beneficios para la humanidad.

—Sígueme —se conformó.

Las servidoras de la casta diosa lucían un uniforme tan recatado como exigía su consagración, compuesto de peplo blanco, cíngulo negro y diadema marfileña. Laodicea vestía la misma indumentaria, sin distintivo alguno de su alta condición. Y sin embargo apenas irguió su figura huesuda sobre los escalones del templo la identifiqué, como si aquella mirada taladrante no pudiera pertenecer sino a una suma sacerdotisa de Diana en el acto de contemplar a una ínfima criatura del mundo civil. Emití una frívola risita de artista —lamentablemente reducida por la tensión a una especie de graznido— y saludé:

—Es un placer. Espero que éste sea...

La dama interrumpió mi ademán olímpico.

—Damos la bienvenida al pintor más caro de la Hélade; aunque no al más puntual.

—Lo lamento. Mi mujer se puso...

—Tu trabajo subsanará la tardanza con más eficacia que mil excusas.

Mi pose de creador excelso se aproximó a la de un recluta en presencia del decurión instructor.

—He traído mis bocetos —ofrecí.

Laodicea se apoderó de los rollos.

—Sólo faltaría que tuvieses que regresar a por ellos —sentenció.

Asistí al escrutinio de los dibujos con una calma sonriente, lógicamente fundada en la autoría del verdadero Lisímaco. Contenían un catálogo de las actividades de Diana, que en una viñeta asaeteaba a las hijas de Níobe; en la siguiente azuzaba a sus perros contra el pobre Acteón; en la de más allá ocultaba escorpiones en el sendero del gigante Orión y así hasta completar una simpática antología de la diosa. Incluso la displicente Laodicea tuvo que asentir ante el vigor de los trazos.

—Si eres igual de bueno con el fresco, no habremos perdido el tiempo y el dinero —convino—. Este templo está llamado a grandes cosas y tu pintura debe ser digna de su grandeza.

—Si pinto como sé hacerlo, las generaciones futuras señalarán durante siglos mi obra —aseguré; y era rigurosamente sincero.

Pasamos al interior del templo. Una estatua de la diosa titular, erecta sobre la piedra de los sacrificios, presidía la cela. Era una figura de tamaño y calidad discretos, a mitad camino entre la Diana romana, de quien tomaba el atuendo de cazadora, y la Artemisa asiática, en cuyo honor lucía varias docenas de pechos que habrían hecho las delicias de Anx.

—Será mejorada —prometió Laodicea—. En ese lugar se alzará una gigantesca Diana de oro, que dejará la Atenea de Fidias al nivel de un juguete de párvulos. Ahí aguardan tus techos. —Hizo un gesto en dirección a los andamios circundantes—. Todo está dispuesto para que comiences.

Recurrí a mi reserva de excusas sin ningún éxito. Incluso mi mano herida parecía un débil argumento ante el fruncido ceño de la sacerdotisa. De modo que escalé el armazón y recorrí sus tablas superiores, palpando el muro al tiempo que emitía una serie de «Hummm», «Ah» y otros monosílabos profesionales. Finalmente regresé junto a Laodicea, atenta a mi exploración. Las demás sacerdotisas permanecían tras ella, agrupadas como palomas al anochecer.

—Excelente artesonado —ponderé—. Será un placer trabajar en él.

—Ardo en deseos de comprobarlo.

Me decidí a despejar los alrededores de curiosas.

—Lamento defraudar vuestra expectación —opuse—. Pero no pensaréis que una pintura al fresco se ejecuta a la vista de la gente como los volatines de un acróbata. Para empezar, la proyección de los bocetos sobre el techo requiere un cuidadoso estudio de perspectiva, con aplicación de complicados teoremas matemáticos. Y creo que los resolveré mejor si continuáis vuestras tareas diarias y me dejáis concentrarme.

El párrafo resultó lo bastante elocuente como para producir una vacilación en Laodicea.

—¿Y tus herramientas? —advirtió.

—No las necesito para las matemáticas.

La mujer dio una palmada y sus pupilas se apresuraron a dispersarse.

—Está prohibido hablar con las servidoras del templo —me advirtió la suma sacerdotisa—. Y es un grave delito pronunciar palabras salaces en este recinto —añadió, con la convicción de que constituían mi vocabulario favorito—. Ni aunque te pilles los dedos con la espátula.

Un preceptor de mis años juveniles había comparado mi habilidad en el álgebra con la de un sordomudo de nacimiento para interpretar Edipo rey. En contrapartida había adquirido una singular destreza en aparentar que meditaba el problema mientras recreaba mentalmente el último combate de pancracio, y tales mañas renové encaramado al andamio. La solitaria penumbra del templo proporcionaba un marco inmejorable para mis reflexiones, que apenas si distrajo el espartano condumio, de legumbres frías y nueces, aportado por una sirvienta.

Una lucerna abierta en el vértice del frontón proporcionaba un inmejorable observatorio sobre el bosque sagrado. Formé un plano mental y detallado de sus calveros y trochas articulados en torno al camino del templo, por los que retozaban los ciervos de la diosa casi invisibles entre la espesura. Incluso identifiqué el claro mortal, un rodal de roca viva y ennegrecida cercano al confín de la arboleda. La cueva del Orco no era visible, oculta tras un repliegue de la montaña.

Más allá de los abetos un prado descendía por la ladera. Medí mentalmente los quinientos pasos indicados por Iridia y concluí que un rellano de la pendiente, acolchado por un herbazal jugoso, debía constituir el punto en que la expedición de caza se había detenido a descansar.

Y con tales consideraciones di por exhaustas mis posibilidades de investigación, hasta que al cobijo de la noche pudiese verificar sobre el terreno mis observaciones distantes. Aún quedaban varias aburridas horas hasta el atardecer, que para no despertar sospechas en las sacerdotisas invertí en trazar circunferencias, rayas y otros signos herméticos sobre el artesonado. Al fin el crepúsculo abrió su saco de sombras y, juzgando completa mi imitación de un pintor concienzudo, decidí que había llegado el momento del exquiriente de acción.

Regresé junto a la estatua de Diana. Laodicea se materializó a su lado, como una réplica algo envejecida de la diosa.

—En nuestra anterior conversación censuré tu impuntualidad —expuso—. Pero observo que a la hora de concluir el trabajo eres preciso como las mareas.

—He avanzado mucho —me defendí—. Supongo que mañana conseguiré progresos más visibles.

—Los aguardamos impacientes como el marino la bonanza.

—Son unos buenos andamios —me interesé—. ¿Los habéis levantado vosotras?

La dama hizo un gesto de asentimiento orgulloso.

—En tres días, desde que supimos que te ponías en marcha hacia Navarís. En nuestra pequeña comunidad no hay oficios masculinos ni femeninos —expuso—. Una sacerdotisa debe ser capaz de hacer de todo.

—Un ideario muy prometedor —asentí galantemente.

Descendí por el sendero con un ritmo voluntariamente calmoso de paseante crepuscular. Cuando rebasé el lindero del bosque, ya la oscuridad se había remansado en el valle y la mole del templo flotaba sobre las tinieblas, recortada contra una franja opalina.

Extraje la espada del fresal y, ligeramente aliviado por su peso, repetí en dirección a la pradera la cuenta de quinientos pasos practicada desde el mirador. A la primera luz de la luna, que encendía poco a poco sus fanales, encaré el abetal desde la misma posición en que conforme a mis cálculos lo había contemplado Polemón momentos antes de correr hacia la muerte.

Semejaba un murallón negro, erizado por lóbregos zarzales, con muy escasa fuerza atractiva para quien no fuese una liebre fugitiva, un amante de las setas con su provisión agotada para la cena o un esforzado exquiriente en el cumplimiento de su deber. A mis espaldas se levantaba el risco de la cueva del Orco, felizmente invisible a aquellas horas.

Repetí con bastante más cautela el recorrido del príncipe. Me detuve a la orilla de la arboleda, inspiré profundamente y me adentré en la maleza, recusando como ridículas las supersticiones que la protegían. Cuando a la segunda zancada el suelo se puso en movimiento y yo inicié la elevación hacia las copas de los abetos, halado por una fuerza irresistible, las aludidas supersticiones comenzaron a crecer en mi estimación a velocidad muy considerable.

Por el momento se imponía un análisis de la situación, tan riguroso como lo permitiese mi posición de atún recién pescado. Según todos los indicios una red de cuerdas trenzadas, oculta a mi llegada entre la hojarasca y puesta en movimiento por algún ingenioso mecanismo, había sido el elemento impulsor; y pendía en esos momentos de las más altas ramas de un árbol con su carga de exquiriente fresco.

Resolví con consternación que no me había comportado como un buen explorador nocturno, astuto y sigiloso. En cuanto a la astucia, habría debido prevenir la posibilidad de trampas anti-intrusos; pero lo más lamentable era que tampoco había sido silencioso y mi grito de terror, mientras en plena subida veía aproximarse la faz de la luna, no podía menos que haber despertado a todas las sacerdotisas del templo mucho más eficazmente que las campanas puestas en repique por los balanceos de la red.

La diosa Diana confirmó su ausencia por vacaciones desperdiciando aquella inmejorable ocasión de practicar el tiro al blanco. Y eso pese a que, no obstante el anatema lanzado por Laodicea contra las palabras indecorosas en el recinto sacro, debí de decirlas casi todas durante la breve espera. Por fortuna contaba con mi espada de doble filo, cuya empuñadura había asido durante el lance como Anx estrujaba sus fuentes alimentarias; y a ella recurrí con presteza de esgrimista profesional.

Y en ese instante, pese a lo apurado de las circunstancias, mi instinto de exquiriente me hizo levantar la vista. Sobre el tapiz de la noche se movían unos puntos rojizos, escalando ordenadamente la oscuridad. Comprobé con cierto sobresalto que su ubicación correspondía al farallón inaccesible que ceñía la cueva del Orco. Aguardé expectante, como si las luminarias debieran preceder a un dragón vomitando fuego por sus fauces; pero las tinieblas las tragaron y yo me concentré en el ataque a mi envoltorio, de interés prioritario por el momento.

Conviene aquí ilustrar a quien decida desembarazarse de una red, colgando en su interior a nueve o diez pies del suelo, que es recomendable desgarrar la malla por su parte superior, asegurándose con la otra mano a una rama cercana. Quien como yo aquella noche, por inexperiencia o precipitación, secciona los nudos inferiores, opta por una irremisible costalada, con las dolorosas secuelas que mi rabadilla experimentó en las semanas siguientes.

Tras el brusco contacto con la maleza la noche ofrecía un ilimitado y apetecible campo. El recuerdo de mis deberes profesionales me indujo, sin embargo, a adentrarme en el bosque.

No es lícito al exquiriente digno de tal nombre ser puesto en cobarde fuga por una simple trampa, aunque sí —o al menos así interpreté las ordenanzas del oficio— ocultarse en unas matas de lentisco y aguardar a que la inevitable patrulla pase de largo. Un ciervo refugiado entre los arbustos dio un respingo y se alejó, casi tan sobresaltado como yo, tal vez a quejarse a su diosa tutelar de aquel nuevo jalón en mi inigualada carrera de profanaciones.

No tardaron en acudir cuatro sacerdotisas con el venablo al hombro, como vendimiadoras dispuestas a recoger la uva. El descubrimiento de la red cortada despertó su justa ira y, dando por supuesta mi fuga y tras inspiradas censuras a mi vil conducta, regresaron al templo decepcionadas sin un solo sacrílego que arrojar al Tanais.

El cuarto menguante desplegaba toda su potencia, esmaltando la espesura con un baño plateado. Avancé tanteando el terreno con un palo precautorio, al tiempo que aplicaba mi orientación de exquiriente al descubrimiento del claro funesto. No puedo decir que hubiese obtenido nota en un examen corporativo, pero el caso es que di con él antes de completar la décima vuelta por su misma orilla.

Era una superficie oblonga, desprovista de vegetación y pavimentada de roca blanca. Identifiqué las manchas negruzcas que había divisado desde mi atalaya. Rodeaban sin duda el lugar de impacto del rayo, como acreditaba la gravilla en que se había fragmentado el peñasco. La removí con el palo. Entre los guijarros había restos de lino chamuscado y algún trozo de cuero, tal vez procedente de la piel del ciervo despedazado.

Un objeto oscuro saltó ante el impacto de mi vara. Era una sortija con una amatista engastada. La introduje en mi faltriquera. Entonces miré hacia arriba con la sensación de que el templo, enarcando el tejado, me miraba con su ojo diminuto; y sintiendo una súbita estima hacia la negrura de los abetos me apresuré a abandonar el calvero.

Repasé el lindero por el mismo punto, cuya trampa sabía desactivada, e inicié el regreso a la ciudad. A mi izquierda quedó la cueva del Orco, que había apagado sus misteriosas luminarias. Tal vez un exquiriente modelo habría aprovechado la ocasión para echarle un vistazo. Por lo que a mí se refiere, no tenía la menor intención de hacerlo hasta que brillase la luz del día; y aun entonces decidiría sobre este punto tras una profunda reflexión.

Las puertas de Navarís estaban cerradas, como correspondía a lo avanzado de la noche. Las custodiaba una decuria de lanceros, ante los que tuve que desplegar toda mi elocuencia ática para no dormir al relente. Al fin doblegué su oposición y, tras repetir la experiencia con varias patrullas de ronda y la guardia del palacio, encaré el pasillo de nuestro aposento. La aureola de un fanal, filtrándose bajo la puerta, ofrecía cierto parecido con un faro tras una travesía borrascosa.

Anx dormía en su canasto ajeno a toda preocupación mundana. Baiasca estaba despierta y apenas me percibió se sentó en la cama, con un movimiento de cabeza que habría hecho flamear su inexistente melena. La contemplé con cierta sorpresa. Nunca había visto una cémpsica enfadada.

—Ya era hora —siseó.

—La jornada de un exquiriente es como una orgía romana —justifiqué—. Se sabe cuándo empieza, pero no cómo termina.

—Podías haberme avisado.

—No tenía ninguna paloma mensajera a mano.

—Contabas con el guía.

Me rasqué la nuca con perplejidad. Ante mis ojos se presentaba por primera vez, en toda su crudeza, una muestra de la vida del hombre casado.

—Como mujer de Lisímaco lo haces muy bien —argüí—. Pero tampoco te tomes el papel demasiado en serio.

El brillo belicoso amainó en la mirada de Baiasca.

—Estoy un poco nerviosa —admitió—. He pasado mucho miedo.

Desceñí la capa y me senté al borde de la cama.

—Han sido muchas horas sola, ¿verdad?

La cémpsica asintió.

—Tenemos un problema —susurró.

—¿Cuál es el nuevo?

—La hija de la guardesa sospecha de mí. Creo que está a punto de reconocerme.

—¿Te vio en las canteras? —Ella repitió el gesto afirmativo—. ¿Cuántos años tiene?

—Once o doce.

—Con ese absurdo uniforme y la cabeza rapada, todos los aigmalótidos erais iguales. Es imposible que te identifique.
—Se ha pasado la tarde al pie de la cama, mirándome fijamente. Cuando la conocí yo estaba apartada de los demás.
Di una palmadita en el dorso de su mano.
—Cuéntamelo.
—Era mi primer día en la cantera. Estaba muy asustada, tratando de hacer lo que me mandaban sin llamar la atención. A la hora de comer nos hicieron formar y sentarnos en silencio. Entonces dejaban la ración a nuestros pies y no podíamos tocarla hasta que sonase otra vez el cuerno.
—Ya lo vi —recordé—. Un sano ejercicio de autocontrol.
—Yo grité y me levanté de un salto.
—La tensión del momento —justifiqué.
La cémpsica bajó la cabeza.
—En realidad un ratón que habían metido en mi panecillo. Es una broma tradicional para los novatos. El capataz me castigó junto a la puerta. Fue cuando llegó la niña. Sus padres entraron a hablar con el marmolista y ella se quedó conmigo. Entonces me pidió una cosa.
—No es mucho lo que podías ofrecerle.
Las orejas de Baiasca se disfrazaron de granadas maduras.
—Quería pasarme la mano por la cabeza. Me acababan de cortar el pelo y por lo visto resultaba muy apetecible.
No pude evitar un ademán de conformidad. Hacía tiempo que deseaba hacerlo.
—¿Se lo permitiste? —la esclava volvió a asentir—. Sí que es un problema —convine—. Debiste de impresionar su tierna sensibilidad infantil. ¿Te ha dicho algo? —Baiasca negó—. Procura evitarla todo lo que puedas. Mañana me acompañarás a explorar la cueva del Orco. O hay espíritus luminosos que vuelan junto a su boca o existe un medio de acceder a ella con una antorcha en las manos. Tú no entrarás —la tranquilicé—. La idea es que vigiles mientras yo escalo.
La cémpsica sonrió con esfuerzo.
—No pensaba entrar de todas maneras —aseguró.
—¿No me preguntas cómo me ha ido? También yo he acumulado unas cuantas emociones fuertes.
—Iba a hacerlo enseguida.
Narré mis experiencias en el recinto sagrado. Pese al sueño

que se iba sedimentando en sus ojos, Baiasca mantuvo la atención.

—Me da miedo lo que me cuentas —concluyó—. En Roma no sería lo mismo, pero si aquí te ocurre algo me quedaré sola y tendré que volver a las canteras. Y Anx... prefiero no pensar lo que le pasaría.

—Quieres decir que, por lo que a ti respecta, si estuviésemos en Roma podría disfrazarme de cordero y pasear entre los leones del anfiteatro —resumí.

—Tampoco es eso. Me has entendido.

—¿Has sacado algo en limpio de mi relato?

—Estoy desentrenada para los enigmas. —Un barniz de cansancio modulaba la voz de la esclava—. Tal vez mañana lo veamos todo más claro.

Me incorporé de la cama.

—No queda mucho espacio libre en esta habitación —declaré—. Para mantener la distancia reglamentaria tendré que salir al pasillo.

—Fuera hace frío.

—Mucho. En el rellano de la escalera hay una especie de arcón. Tal vez no sea incómodo del todo.

Baiasca levantó la orla de la manta.

—Puedes acostarte aquí —musitó—. Por una noche no tiene importancia. —Me introduje de un brinco bajo el embozo antes de que cambiase de idea—. Además, vamos a dormir. Tienes que estar muy cansado.

—En tu estado actual sería muy difícil hacer otra cosa.

Di un soplido al fanal y la estancia quedó a oscuras. Anx rezongó entre sueños y Baiasca, con celérica rutina, sacó una mano del cobertor y meció el canasto. Al acabar recostó la espalda sobre el jergón, hombro contra mi hombro. Extendí el brazo y ella levantó la nuca como accionada por un resorte.

—Apoya la cabeza aquí —invité—. Se duerme mejor.

Tuvo un corto titubeo. A continuación apoyó la sien en mi clavícula. Encajaron geométricamente, como dos piezas complementarias moldeadas en un taller. Y ninguno se movió hasta que el dios Morfeo, al acecho en la penumbra de la habitación, extendió sobre nosotros su telaraña blanda.

V

Contra su costumbre Anx durmió plácidamente; o quizás yo, sumergido en las delicias del sueño, dejé por una vez en manos de su madre la habitual vela intermitente. Cuando abrí el primer ojo, un rayo de sol tranquilizador atravesaba la ventana.

Baiasca se había dado la vuelta y apoyaba el rostro contra el jergón como si pretendiera guarecerse en su interior. Me levanté con sigilo, completé mi vestimenta y dudaba si despertar a la cémpsica cuando unos nudillos golpearon a la puerta. Una niña, que conforme a los antecedentes identifiqué como la hija de la guardesa, asomó la cabeza por el hueco:

—¿Eres Lisímaco? —se cercioró, como si el hecho de pernoctar con mi presunta mujer no le pareciera indicio concluyente—. El gobernador dice que no te marches sin hablar con él. —La chiquilla mantenía los ojos fijos sobre Baiasca, en manifiesta disociación entre los destinatarios de su mensaje y su mirada. Me interpuse en su campo visual mientras la cémpsica se arropaba con el cobertor.

—Iré enseguida —la despaché.

Baiasca aguardó a que se alejase por el pasillo.

—¿Comprendes por qué me pone nerviosa? —planteó.

—Tal vez sólo le apetezca volver a pasar la mano por tu cabeza. ¿Vienes a conocer a Remetalces?

—Me da miedo. Cuéntale que estoy dando de comer a Anx.

El aludido confirmó la coartada, asomando su coronilla rosada fuera del canasto como un buceador que toma aire. A continuación exhaló un par de pucheros quejumbrosos.

—¿Me piensas acompañar a la cueva del Orco o no? —recordé.

La cémpsica asintió.

—Me apetece cambiar un poco de aires.

El azote del oriente aguardaba en su habitual e incómodo taburete, pensativo ante un cesto de frutas del que me invitó a surtirme. Su aspecto, ya de por sí sombrío, resultaba especialmente tormentoso, como si alguna preocupación le hubiese impedido conciliar el sueño. Ocupé una banqueta, así una manzana y abrí la conversación.

—Me encantó el templo de Diana —encomié—. Es un placer ver conservada la pureza dórica.

Los rasgos del gobernador experimentaron una dilatación levísima, en su mayor acercamiento posible a un gesto de satisfacción.

—Ésta es una región de bellezas desconocidas. Cuando el mundo vuelva los ojos hacia nosotros se sorprenderá tanto como tú.

—Espero no desentonar con tu monumento ecuestre. —Siguió un silencio que, por algún presentimiento, me pareció inquietante. Decidí ahondar en tan grato tema—: ¿Qué tal si en la base cincelo un poblado escita destruido?

—Me parece una gran idea.

Dispuse las frutas sobre la mesa a guisa de maqueta.

—Aquí —ilustré, apilando las manzanas— las chozas incendiadas. A este lado los guerreros vencidos dispuestos para el sacrificio. —Y ordené varias peras de cimera puntiaguda—. Y al pie —completé, alineando media docena de cerezas— sus doncellas, a punto de dejar de serlo.

La idílica visión pareció despejar por un momento el humor de Remetalces. Pero los nubarrones no tardaron en volver.

—Será un monumento digno de mi gloria futura —enunció. Tomó uno de los supuestos guerreros escitas y lo mordisqueó, descubriendo su pulpa harinosa. A continuación hizo rodar la pera sobre el mármol—. ¿Cuándo viste por última vez a la princesa Iridia?

La pregunta no parecía complicada. Sin embargo el tono del gobernador —en combinación con sus antecedentes— me puso en guardia.

—Cuando salí de Tanais. ¿Por qué?

—Me dijiste que había posado para ti. ¿A solas?

—Claro que no. Rodeada por sus damas.

La faz de Remetalces progresó hacia la congestión.

—No te creo —masculló.

—¿Por qué?

El guerrero estrujó la pera hasta convertirla en papilla.

—Iridia es incapaz de dejar pasar un artista joven sin cenar con él en privado como mínimo.

Pensé en la posibilidad de que contase con espías. El recuerdo de la escena en la piscina adquirió un cariz preocupante.

—Ahora caigo en que una vez cené con ella. Pero no hará falta que aclare que de la manera más honesta.

El gobernador rumió la declaración.

—¿Te habló de sus intenciones?

—¿Para después de la cena? —me apresuré a rectificar—: ¿Qué tipo de intenciones?

—Sobre viajes.

—En absoluto. ¿Por qué iba a hacerlo?

El tono de Remetalces se oscureció.

—He recibido un mensajero de Tanais —informó—. Traía noticias preocupantes, como el vigía que avizora la polvareda del enemigo.

Miré atentamente al guerrero. A continuación la rutina profesional me traicionó.

—La princesa ha desaparecido —concluí.

El gobernador dilató todas sus venas.

—¿Cómo lo sabes? —rugió.

—Forma parte de mi oficio. —Busqué una salida airosa y congruente con mi supuesta dedicación—. Quiero decir que cuando una persona posa para un pintor, éste llega a conocerla en todos sus recovecos. —La expresión de Remetalces acreditó que no estaba arreglando precisamente la situación—. Me refiero a los espirituales, naturalmente —especifiqué antes de que mi anfitrión se decidiera a sacar la espada—. ¿Cuándo...?

La irrupción de un nuevo personaje interrumpió la pregunta. Era un sujeto delgado y calvo, con una orla de pelo pajizo dispuesta de oreja a oreja como una corona de laurel caída. Pasó a mi lado sin verme, se aproximó al gobernador y exclamó con voz atiplada:

—¡Ya lo tengo!

Remetalces lo contempló ceñudamente.

—No es momento —atajó—. Luego...

—¡Una cuerda de cáñamo! —proclamó el recién llegado, con el júbilo de Arquímedes saltando del baño—. Bien embadurnada podemos calcular el tiempo justo para que... —Hablaba con un inconfundible acento etolio. El gobernador lo fulminó con la mirada.

—¡Más adelante! —vociferó. El hombre volvió los ojos por vez primera en mi dirección y calló—. Es el jefe de mis verdugos —presentó Remetalces—. Idea nuevos suplicios sin descanso.

El calvo esbozó una sonrisa desmañada.

—Los delincuentes aumentan su resistencia cada día —justificó—. Será mejor que vuelva después de experimentar un poco más. —Anduvo hacia la puerta. Antes de salir añadió—: ¿La contraseña?

—Degüello a discreción —despachó el gobernador.

El etolio desapareció y yo afronté con manifiesta predisposición defensiva la segunda parte del intercambio. Pero Remetalces parecía corroído por nuevas preocupaciones.

—Así pues, no puedes aportar ninguna pista sobre el paradero de Iridia —concluyó.

—Parece trabajo para un exquiriente. —Reflexioné unos momentos y planteé—: En defecto de la princesa, ¿quién heredaría la corona?

—Los sobrinos del rey son numerosos como las llamas en una ciudad asaltada. ¿Por qué te preocupa eso? —se sorprendió.

—Es puro interés de espectador.

El gobernador cogió una nuez, la apretó entre su pulgar y el índice y arrojó la cáscara triturada.

—Seguiremos charlando —decidió—. Debes terminar cuanto antes tu trabajo en el templo.

No era un ofrecimiento que necesitara ser repetido. Regresé a la habitación. Baiasca aguardaba con la capa azul sobre los hombros y las botas canelas en los pies. Tras ella la guardesa, entregada a una antología de la cucamona sobre el canasto de Anx, ofrecía a los tiernos ojos de éste una deprimente visión de la humanidad.

—Se ha ofrecido para cuidarlo hasta que vuelva —explicó la cémpsica—. Llegaré a tiempo para la próxima toma, ¿verdad?

—Claro que sí. Aunque le convendría educar un poco la paciencia.

—Me da miedo dejarlo.

—Alguna vez tiene que ser la primera. Imagínate cuando se aliste en la legión.

Baiasca levantó a su retoño y le besó suavemente la mejilla.

—Se cuidará mucho de hacerlo —afirmó.

El amasijo de pieles que constituía mi guía aguardaba a la puerta del palacio. No sin esfuerzo conseguí introducir en su entendimiento la noción de que su compañía no era necesaria, ni aun siquiera oportuna, y que podía tomarse el día libre en espera de jornadas más intensas. Gruñó dos o tres veces y se alejó con sus andares de osezno.

Recorrimos las calles de Navarís. Baiasca caminaba a mi lado, adherida a la sombra de los edificios como si transportase joyas robadas. Su tensión sólo cedió al dejar atrás las murallas y salir al campo abierto.

—Nadie te persigue —la tranquilicé mientras caminábamos hacia los prados—. No saben que eres una aigmalótida y si lo descubriesen peligraría mi misión, no tú. Tienes permiso de la princesa Iridia.

—Se me pasará cuando me crezca el pelo.

Aproveché la mención para ponerla al corriente de las inquietantes novedades procedentes de Tanais.

—No pareces muy afectada por la noticia —comenté.

—No guardo un cariño especial a la princesa.

—Para mí es muy preocupante su desaparición. Es ella quien debe pagarme mi peso en oro.

—En cambio es la única que me aguarda como aigmalótida. Si no está podré marcharme contigo; y llevarnos a Anx.

Consideré este aspecto de la cuestión.

—Espero que mi tío Alcímenes aprecie el canje igual que tú.

La aparición del templo de Diana, encaramado sobre el bosque oscuro tras un recodo, obró en la cémpsica el efecto esperado: un brusco recorte de la distancia que nos separaba. Creo que si hubiésemos continuado la aproximación no habría tardado en cogerme de la mano, pero no era éste nuestro trayecto. Doblamos a la derecha y afrontamos la caverna. La pradera moría al pie del farallón inexpugnable, acortinado por larguísimos helechos pendientes a lo largo de sus grietas.

—La cueva del Orco —presenté.

Baiasca la examinó con evidente respeto.

—Es imposible subir —dictaminó.

—No tiene que serlo para un escalador experto.

La esclava me miró con ojos dubitativos.

—¿Dónde has escalado? —se cercioró.

—Ya me gustaría haberlo hecho. Quiero decir que o las luces que vi anoche pertenecían a espíritus alados o varios hombres trepaban por esa pared con una antorcha en sus manos. Tiene que haber algún procedimiento.

—¿Qué debo hacer yo?

—Quedarte aquí y vigilar.

La cémpsica lanzó una ojeada recelosa a los alrededores.

—No parece muy difícil —convino.

Señalé ladera abajo, a unos quinientos pasos de nuestra posición.

—En ese prado debía de hallarse Polemón cuando echó a correr hacia el recinto sagrado —informé.

—Si quieres que me quede sola, no me cuentes esas cosas.

Me aproximé al muro de roca, tanteé sobre el pedregal que lo ribeteaba y después de izarme un par de brazadas me dejé resbalar hasta la base. Tras lo cual contemplé la negra abertura, amenazante como el ojo de un cíclope, y regresé junto a Baiasca.

—¿Estás segura de que tengo la obligación de subir? —pregunté.

—No tienes ninguna —negó la joven con convencimiento.

—Sólo continuaré adelante si lo veo factible. Si me pesan con la cabeza rota en pedazos recibiré menos oro.

—Preferiría que lo dejases.

Hice acopio de resolución y me encaré con el risco, en imitación, bastante menguada, de Aníbal ante los muros de Roma.

—Mi tío Alcímenes subiría —aporté.

—Lo más probable es que me hiciese subir a mí. —Inicié un paso al frente. Baiasca me retuvo por el brazo—. Prométeme que tendrás mucho cuidado —solicitó.

Y por obvia que fuera la frase —y remotas mis posibilidades de escalar despreocupadamente— me acarició los oídos como una orejera de algodón.

Los estudiosos del vértigo diferencian el descendente, causado por la visión del abismo bajo las suelas, del ascendente, al que induce la contemplación de un murallón dispuesto según todas las apariencias a desplomarse sobre nuestras cabezas.

Apenas si me había aupado cinco veces mi estatura, trepando como un lagarto sobre el cascajar, cuando ya me había acreditado como un especialista completo, igualmente dotado para las dos variantes de tan paralizante sensación.

Sin embargo no era cuestión de defraudar tan pronto a Baiasca, cada vez más pequeña en medio del prado y atenta a mis evoluciones como si presenciase el asalto de los titanes a la cima del Olimpo. De modo que, esforzándome por limitar el campo visual al siguiente asidero, conseguí elevarme hasta la pared de roca viva, por cuyas junturas pendía la larga cola de caballo de los helechos.

Respiré con cierto alivio ante la manifiesta inviabilidad de la ascensión. La cueva del Orco asomaba su negrura a más de sesenta pies, únicamente asequible para las aves de rapiña y algún rebeco sin muchas responsabilidades en la vida. Había despachado mi intento con dignidad y sólo necesitaba un poco de suerte para regresar junto a la cémpsica sin detrimento de mis huesos craneales.

Me apoyé en una piedra plana para recuperar el aliento. Y en ese momento una ráfaga de viento hizo ondear los helechos, como un estandarte bárbaro; y tras ellos, brillantes bajo el sol matutino, relucieron unas argollas metálicas sólidamente incrustadas en la roca.

Las excusas para abandonar la exploración se habían desvanecido. Examiné la confección de los aros y su inserción en la peña. No se trataba de una obra remota del tiempo de los pelasgos; el hierro no se hallaba enmohecido, ni la roca había cicatrizado las heridas de la piqueta. La curiosidad resultó estímulo suficiente para, con momentáneo olvido de las simas que me rodeaban, ascender sobre las abrazaderas como uno de los siete hacia los bastiones de Tebas.

Los helechos propiciaban un enmascaramiento perfecto, que ocultaba al escalador de cualquier observador remoto. De pronto cesó su cobijo, en el punto en que las argollas se teñían de pardo para mimetizarse con el farallón. Miré hacia abajo y advertí la inmensidad que me separaba de la superficie terrestre. Y al momento el mundo entero empezó a dar vueltas, cual un asado en el espetón, mientras yo cerraba los ojos y me asía a los peldaños como si pretendiese desprenderlos.

La cueva del Orco ofrecía un refugio cercano, inesperadamente amistoso. Apreté los dientes y me dispuse a completar la ascensión. Unas campanitas repicaron a mi alrededor, como un redoble festivo por mi éxito. Y tan embebido me hallaba en la escalada que sólo comprendí que no eran un producto de la montaña, como una mata de gencianas adherida a la ladera, sino una trampa delatora de intrusos cuando una voz ronca y nada amigable preguntó desde la caverna:

—¿Quién va?

Parecía una pregunta fácil de responder para quien no padeciese una aguda crisis de identidad. Sin embargo escuchada a cien pies de altura, en equilibrio sobre una angosta escala y con la certeza de que nada complacería tanto al preguntador como presenciar la caída libre de un entrometido, describiendo graciosos tirabuzones hacia el suelo, requería ciertas dosis de aplomo e inventiva para soslayarla. Sondeé mis reservas de tales aptitudes y a punto estuve de deslizarme peldaños abajo, buscando la protección de los helechos.

Me contuvo la evidencia de que tal conducta aumentaría la curiosidad de mi interpelante, en envidiable posición para el lanzamiento de objetos pesados. Y en ese momento la intuición de exquiriente sopló milagrosamente en mis orejas. Aflauté la voz, reproduje en la medida de mis fuerzas el acento etolio y modulé:

—Degüello a discreción.

Creo que un experto me habría tomado por acarnanio, pero por fortuna quien hablaba desde la cueva no resultó ningún lingüista de renombre. Aguardé unos instantes en la tensión lógica y ante la falta de reacción continué la subida.

Las argollas morían junto a un breve rellano en la misma boca de la caverna. Dos guardias barbudos sentados en un banquito jugaban a los dados, milagrosamente atentos a una tirada decisiva. A unos quince pasos se alzaba el fondo de la cueva y tallada en su oscuridad una puerta, con el cerrojo abierto, de la que descendían unos peldaños. Con abstracción de lo que el jefe de los verdugos de Tanais pudiese actuar en aquel antro, o de los hipotéticos horrores de su interior, lo que de ningún modo entraba en mis planes era permanecer al alcance de los centinelas, a punto de volver la vista de un momento a otro.

Crucé la gruta en cuatro zancadas. En el umbral del subterráneo recompuse la vocecita y ordené:

—¡Que nadie me moleste! —y con un salto a lo desconocido me adentré en los tenebrosos dominios del Orco.

Era una bóveda natural, fantasmagóricamente iluminada por la claridad procedente de un corredor zaguero. En ella flotaba un olor penetrante, que lijaba la garganta y penetraba hasta el último recoveco de los pulmones. Medio centenar de barriles panzudos, junto a un montón de sacos y rollos de cuerda, constituían el único y sorprendente mobiliario de la estancia; una docena en posición vertical, los restantes apilados en forma de pirámide y apuntalados por una gruesa tranca.

Recios clavos aseguraban la tapa de los toneles. El almacenista había tenido sin embargo el detalle de dejar al alcance de los curiosos una palanqueta de hierro, con la que me apresuré a hacer saltar una cubierta. Ante mis ojos surgió un polvillo fino, de un pardo negruzco, que tanteé con los dedos sin identificarlo. Lo probé con la punta de la lengua. Su sabor era salado y abrasivo, casi tan repugnante como el de la sopa nacional espartana.

La mente de un exquiriente trabaja muy deprisa en tales circunstancias aunque en ocasiones, como aquélla, no le conduzca a ninguna parte. En un momento había formulado ocho o diez conjeturas sobre la misteriosa sustancia y su posible interés para el jefe de los verdugos, desde su utilización como harina de castigo, destinada al pan de los reos especialmente antipáticos, hasta la posibilidad de encontrarme ante una droga de la verdad, como la aleceipina de que hablaba mi tío Alcímenes —cuyos relatos sobre sus portentos escuché siempre con cierto escepticismo—. Y en ese momento una sombra gigantesca se dibujó en la pared de la cueva, como si el cíclope Polifemo regresase de su jornada laboral, y una voz más bien titánica apostrofó:

—¿Qué estás haciendo?

A semejante pregunta sucedieron un infortunio y un golpe de suerte: la desgracia, que no se me ocurriese ninguna respuesta satisfactoria; el evento feliz, la constatación de que no era yo el destinatario. Había llegado a través del pasadizo del fondo, sobre el halo de las invisibles antorchas que relucían del otro lado; y sin duda su autor, transitando ante la llama de éstas, había proyectado su imagen sobre el muro. Así lo indicaron el reflexivo raciocinio y la tranquilizadora noción de seguir solo en la bóveda.

Me aproximé al corredor con los pasos precavidos del león tras el antílope. Me incliné sobre su abertura y, con la mejilla adherida a la roca como si pretendiese caracterizarme de musgo, indagué el contenido de la sala contigua.

Sobre unos almireces gigantes se afanaba una docena de aigmalótidos descoloridos. El siniestro capataz de turno, sin duda el autor de la interpelación anterior, patrullaba entre sus cabezas rapadas. El olor acre se multiplicaba desde los morteros, cuyo contenido trituraban los operarios con un mazo.

Uno de los trabajadores miró en mi dirección. Me apresuré a dar un brinco atrás, convencido de que toda la población de la caverna me escudriñaba. Una vez más no hubo reacción perceptible, pero tenía la sensación de haber agotado las posibilidades de la gruta y un anhelo creciente de abandonarla con la mayor premura. Aún cedí al deber profesional el tiempo suficiente para seleccionar dos saquitos, llenarlos de polvo oscuro y anudarlos cuidadosamente bajo la túnica. Tras lo cual franqueé la puerta en dirección a la salida, me adherí a un entrante del muro, preparé la dicción etolia y grité:

—¡Aquí! ¡Guardias!

Creo que olvidé la voz aflautada, pero no fue necesaria. Los dos lanceros galoparon hacia los barriles con encomiable disciplina. Les dejé pasar, cerré con un portazo y corrí el grueso pestillo. Atrapar a un conejo con un cajón y una zanahoria habría resultado más difícil.

Y de este modo, con la tranquilidad del deber cumplido, me dispuse a continuar la rutina diaria. Contemplé el panorama desde la entrada de la cueva y aguardé a que el estómago, encaramado a la tráquea al medir el descenso que me aguardaba, regresara poco a poco a su ubicación.

La pradera bajo el risco se hallaba desierta. Calculé el tiempo invertido en la ascensión y el registro, y conjeturé que Baiasca debía de haber regresado a la ciudad, acuciada por el rígido horario de Anx. A continuación me encomendé a las viejas divinidades del Ática y, con prohibición expresa de mirar abajo, como Orfeo hacia atrás de vuelta del infierno, comencé a tantear con las botas en busca del peldaño siguiente.

Comencé la bajada a buen ritmo, espoleado por un legítimo anhelo de tierra firme. No tardé en rebasar el nacimiento de los helechos. A su abrigo cobré la decisión suficiente para lanzar una furtiva ojeada hacia la base del farallón. Y al momento quedé paralizado ante la comprobación de que los peligros de la montaña no habían concluido. Por las argollas ascendía la calva del verdugo en jefe, impulsada por los gestos rutinarios de un avezado escalador.

Si no lo vedase la modestia podría resumir mi actuación, en los tensos instantes que siguieron, a modo de canon ejemplar para cuantos cuelguen de un risco, en equilibrio inestable sobre unos aros metálicos, y observen la ascensión de un verdugo camino de un encontronazo inevitable. En una primera fase conviene permanecer inmóvil, como la araña que presencia la aproximación de la mosca. Cuando el enemigo está a cuatro peldaños, sin haber levantado la vista, se extrae de bajo la túnica un saquito de polvo negro, que el estudioso habrá llevado previsoramente consigo; se aflojan sus cordones y a dos brazadas de distancia se vierte su contenido sobre el rostro del intruso, a quien se habrá advertido con un chasquido de lengua o sonido similar.

Hay que destacar la importancia de la sincronización entre la llamada y la precipitación del polvo, a fin de que, sorprendido por la nube con los ojos abiertos, el intruso en cuestión quede cegado y sin posibilidad ulterior de identificar a su agresor. Tras lo cual, mientras el hombre grita, estornuda y gesticula —con un solo brazo, si no quiere precipitarse al abismo—, no hay más que encaramarse a sus lomos —es recomendable un rodillazo en la nuca, que estampando su frente contra una argolla le induzca a la resignación— y una vez rebasada su posición seguir bajando, con la velocidad suficiente para desenfilarse antes de que recupere su campo visual.

Tal fue mi conducta y a fe que si Lisímaco, el as del cincel, hubiese rondado por las cercanías, me habría gastado buena parte de la recompensa de Iridia en encomendarle una columna con bajorrelieves descriptivos de mi proeza. Belerofonte no debía de haberse hallado tras abatir a la Quimera ni la mitad de satisfecho que yo, mientras ocultaba definitivamente mi personalidad entre los peñascos de la ladera.

Continué pegado al farallón en dirección opuesta a la de llegada. A continuación, fuera de todo campo visual con centro en la cueva o sus inmediaciones, regresé a la pradera con el aire despreocupado propio de un artista megarense que regresa de una rústica caminata tras afinar su inspiración.

Conforme a lo entrevisto desde las alturas, Baiasca no se encontraba en los alrededores. La llamé un par de veces y, confirmando la impresión —algo decepcionante— de que había antepuesto las primarias urgencias de Anx a la abnegada colaboración, emprendí el camino del templo.

Y en este punto un leve destello fulgió en el vértice de la edificación. El brillo insistió, con caprichosas intermitencias. Finalmente cesó, sin que ante mi decepción —entremezclada, por supuesto, con un considerable alivio— su inocuo relampagueo evolucionase hacia el rayo mortífero que en su día partió de tal lugar. Aguardé nuevos acontecimientos y ante su ausencia me encogí de hombros y continué la marcha.

La suma sacerdotisa y media docena de sus acólitas poblaban la cela. La primera examinaba un cofrecito de oro con expresión aprobatoria, trocada en ceño adusto al advertir mi presencia.

—Exvotos de nuestros fieles —me presentó—. Costeados con gran esfuerzo, para financiar tus paseos por el campo.

—Sólo las musas rigen el horario de un artista —justifiqué—. Y en ocasiones hay que salir a buscarlas.

—Esperemos que las musas te ayuden si el templo no está a punto en su momento —advirtió amenazadoramente Laodicea.

—¿En qué momento?

—Llegará —fue la sucinta respuesta.

Pensé que un rasgo de generosidad mejoraría mi deteriorado prestigio y tras un breve registro de mi faltriquetra extraje el anillo de amatista hallado en el claro del bosque.

—Por el templo —deseé, al tiempo que lo depositaba en la arqueta.

Laodicea lo examinó con desconfianza, como si no aguardase de mi esplendidez sino una falsificación o una joya robada.

—Una pieza excelente —no tuvo más remedio que aprobar.

—Digna del fin a que se consagra.

—Debo atender a unos invitados —informó la sacerdotisa—. Si la diosa ha logrado mover a la piedad un corazón como el tuyo, también es posible que te induzca a trabajar de verdad en este día. —Y con su séquito albivestido se adentró en las profundidades del templo.

Trepé al andamio con mi expresión reservada para los profundos teoremas geométricos, en realidad enfrascado en meditaciones no menos hondas sobre el resultado de mi exploración en la cueva. Abstracción hecha de la verdadera utilidad del polvillo, parecía evidente que me hallaba en posesión de un secreto de estado, confiado a tan inaccesibles parajes y bajo un control riguroso que sólo mis reflejos de exquiriente –y una suerte sin precedentes en los anales de mi profesión– me habían permitido eludir. Los demoledores efectos constatados en el verdugo hacían pensar en una aplicación militar, susceptible de reducir a la impotencia al ejército enemigo entre las toses y la ceguera.

Dediqué aquí al etolio varios pensamientos cargados de sospecha. No tenía gran experiencia en verdugos, pero algo me decía que éstos solían disponer de una voz y una contextura más recias para el ejercicio de su trabajo; y que un verdadero ejecutor habría opuesto una resistencia superior a ser pateado en la nuca. Reproduje la turbación de Remetalces ante su irrupción en nuestra charla y la mención de las cuerdas de cáñamo. En este punto traté de encajar en la trama un posible descubrimiento comprometedor efectuado por Polemón, y ante la falta de resultados me distraje contemplando el paisaje a través de la lucerna. Un capitán montado –tal vez el invitado que aguardaba Laodicea–, escoltado por dos lanceros a pie, ascendía por el sendero en el interior del bosque sacro.

Descendí del entramado en busca de nuevas inspiraciones. Me aproximé a la estatua de Diana, un tanto torva entre las penumbras de la cela. Y en este momento la diosa habló, provocando el consiguiente impacto anímico:

–¡Pintor!

Mi retraso en la respuesta no se debió tan sólo a la falta de costumbre ante tal interpelación. Cuando el corazón hubo descendido de las alturas de la bóveda me volví hacia la escultura. Una sombra situada tras su pedestal denunciaba la procedencia humana de la voz. Recuperé mi habitual cortesía ática y me interesé:

–¿Qué hay?

–No te acerques –conminó la mujer. Decidí aceptar por el momento la recomendación–. Sólo quiero saber de dónde sacaste ese anillo. El que has entregado a la suma sacerdotisa como ofrenda para las obras del templo. –Hablaba entrecortadamente, con los síntomas propios de quien padece una intensa emoción.

—¿Por qué te interesa?
—Quiero estar segura antes de denunciarte por ladrón.
Me pareció un motivo suficientemente bueno.
—Fue un obsequio del príncipe Polemón —revelé.
—No es cierto.
—¿Cómo lo sabes?
—Porque Polemón no se habría desprendido de él. —Inicié un paso hacia la estatua. Mi interlocutora lo dio atrás, buscando el cobijo de la sombra—. Si te acercas gritaré y diré que me estás molestando.
La práctica profesional me había hecho cauteloso en las hipótesis, evitando las categóricas sin que las precediera una comprobación irrefutable. Sin embargo existían momentos en que el riesgo era inevitable.
—Sé que tú se lo regalaste —aventuré—. Polemón no tenía secretos para mí. Ésta era su joya preferida. —Las mejillas de la desconocida me eran invisibles; pese a ello tuve la certeza de que habían enrojecido—. Por eso me encargó que si le sucedía algo la devolviese al templo.
—¿Lo juras?
—Tan cierto como que soy pintor megarense.
La mujer recapacitó en silencio.
—De acuerdo —convino—. Ese anillo representa mucho para mí y temí que lo hubieses robado.
—Era un pensamiento muy lógico.
—Polemón te contaría que fuimos amigos antes de que yo entrase en el templo. Habría sido un grave pecado vernos después.
—Por supuesto.
La voz de la desconocida se quebró al borde de la ruptura.
—Por eso la diosa no tenía motivos para enojarse con él.
Aquella inesperada entrevista al pie de la escultura estaba constituyendo un evidente desahogo de urgencia.
—Naturalmente que no. —Resolví explotar la brecha abierta—. Ni siquiera creo que le matase Diana —apunté.
El tono de mi interlocutora se redujo a un susurro.
—¿Quién pudo hacerlo?
—Me gustaría averiguarlo. Y a ti también, ya que disiparías tus escrúpulos sobre tu posible influencia en el castigo divino.
El dardo pareció haber dado en el blanco.

—Pero fue el rayo de la diosa —balbuceó—. Todo el mundo lo vio.

—¿Tú también?

—No. Ni siquiera sabía que Polemón cazaba por las cercanías.

—¿Cuántas sacerdotisas presenciaron su muerte?

—Ninguna. Salvo...

—¿Salvo quién?

Ella lanzó varias miradas a su alrededor.

—Salvo Laodicea —musitó—. Estaba subida al andamio, mirando por la lucerna. Entré en el templo en busca de agua lustral y la vi, momentos antes de que se oyese el estruendo.

—¿A ese andamio? —La sombra asintió—. No puede ser. Laodicea me dijo que lo levantasteis la semana pasada.

—No la entenderías bien. Lo construimos hace meses, mucho antes de que llegases a Tanais. ¡Vuélvete! —exclamó de improviso, con tal convicción que la obedecí sin pensarlo.

La suma sacerdotisa regresaba del patio. Unos pasos furtivos a mis espaldas acreditaron que mi interlocutora protegía su anonimato corriendo hacia el interior de la edificación.

Laodicea me obsequió con una de sus habituales miradas displicentes, pero en esta ocasión no causó el menor impacto en mi ánimo. Por primera vez desde que zarpara de Roma me encontraba ante algo remotamente parecido a un sospechoso.

—Habrás completado tus cálculos —supuso.

—Sólo parcialmente —informé—. Aún me falta la medición externa.

—¿La medición de qué?

—Debo tomar las dimensiones de la cúpula. Son fundamentales para el cálculo del intradós.

La dama me observó como si sus peores sospechas se confirmasen.

—Nunca oí que fuera necesario tanto requisito para pintar una pared.

—Por eso vuestros artistas pintan lo que pintan.

La sacerdotisa me precedió a través del templo, muda como un motivo de la decoración. Nos introdujimos por una puerta lateral y ascendimos por una escalerilla de caracol. Desembocaba a cielo abierto, en una galería que discurría por un lateral del tejado. El viento corría libre, con silbidos sobrecogedores.

Pese a mi experiencia en escaladas, tan costosamente adquirida, preferí no mirar hacia la remota base de la colina. El corredor concluía en una pequeña rotonda enroscada en torno a la cúpula. Recorrí las instalaciones con ojo atento, obviamente ajeno a toda idea de perspectiva pictórica.

Sobre el mismo vértice del frontón había una placa giratoria. E incrustada en ella una pieza tapada con saco. Fruncí éste con la punta de los dedos y el sol reverberó en la superficie de un espejo.

—¿Qué es esto? —me sorprendí.

—Nuestro heliógrafo —respondió con cierta sequedad Laodicea—. Pero no sé qué tiene que ver con las dimensiones del intradós.

Medité sobre el hallazgo.

—¿Con quién os comunica?

—Con la guarnición de la Acrópolis. Lo usamos para pedir ayuda en caso de necesidad.

—Mientras venía hacia aquí me ha parecido verlo destellar.

—Es muy posible, ya que acabamos de solicitar auxilio.

—¿Contra quién?

—Una intrusa ha entrado en nuestro recinto sagrado. Ha sido apresada y un capitán y dos lanceros acaban de llevársela, para ejecutarla en el río Tanais conforme a nuestras leyes. —La sensación de vértigo se desvaneció. Miré hacia el bosque. Entre su espesor se divisaban los tres militares, diminutos en la distancia. Una figura cabizbaja seguía la grupa del caballo—. Dijo que era tu mujer —amplió Laodicea—. Pero lo más probable es que haya mentido. Lleva la cabeza rapada como una aigmalótida.

Creo que la sacerdotisa continuó hablando, pero mi atención no se hallaba disponible. Olvidando por una vez las normas de urbanidad ática que con tanto esfuerzo me inculcaron mis preceptores, di media vuelta y, sin despedirme, galopé a toda la velocidad de las piernas por la cuesta abajo.

Alcancé al grupo en el confín del bosque sagrado. Baiasca caminaba flanqueada por los lanceros con las manos inertes bajo un triple nudo. Al oír mis pisadas se volvió y parpadeó con las pestañas empapadas en demanda de un socorro urgente.

Me coloqué junto a ella ante la indiferencia de los guardias y seguí a su paso la grupa del caballo.

—El monstruo me atacó —justificó con voz opaca, que parecía manarle del diafragma.

—¿Qué monstruo?

—Salió de la cueva. Era negro y peludo, como una oruga gigante.

—¿De la cueva del Orco? —me aseguré.

—Se deslizó por la pared y vino directamente hacia mí.

—Pero yo estaba dentro; y no vi ninguna oruga.

—Pensé que te había comido. Grité y eché a correr y el monstruo me persiguió. No me di cuenta de que entraba en el bosque —completó la cémpsica con un susurro.

—Pisaste la trampa —supuse—. Y de repente te encontraste colgando de la copa de un árbol, como un arenque puesto a secar. —Baiasca asintió—. ¿Y la oruga?

—Desapareció. Esperé muerta de miedo a que me destrozase de un momento a otro. Pero no hubo más señal de ella ni del guía.

—¿Mi guía? —me cercioré—. ¿Ese tipo gruñón y rechoncho que he despedido a la puerta del palacio?

—Se reunió conmigo mientras tú escalabas. Me dijo que su deber era seguirte aunque no estuvieras conforme. Intentaba despistarlo cuando surgió esa cosa. Mientras subía por los aires —informó la joven, retomando su relato— sonaron unas campanitas.

—Abundan en esta comarca.

—Entonces llegaron las sacerdotisas, me ataron y me llevaron al templo. ¿Qué van a hacerme?

Transitábamos en aquel momento ante la boca de la caverna, hacia la que miré con el interés que cabe suponer. No había indicio alguno de actividad en sus inmediaciones, procediera de criaturas reptantes o de verdugos etolios.

—Creo que hay algunas leyes contra la entrada en el bosque sin permiso —generalicé—. Pero supongo que no las aplicarán cuando exista un buen motivo para hacerlo.

—Que te acometa una oruga gigante es un buen motivo.

—Naturalmente. Aunque es posible que para defenderte debamos capturarla y mostrarla al tribunal.

El capitán se volvió desde la silla, sin detener la marcha de su montura.

—No quisiera entrometerme en una conversación privada

—expuso en latín—. Pero os conviene saber que la prohibición de profanar el bosque no admite excepciones. Si el sacrílego pertenece a la nobleza será desterrado; y en otro caso sumergido en el Tanais.

—Baiasca es noble —me apresuré a afirmar—. Procede de una de las familias de mayor prosapia entre los cémpsicos. Sin duda sentirá ser expulsada de este país, pero...

—Hay que ser noble bosforiano —puntualizó el desagradable oficial. La esclava sopesó sus declaraciones.

—¿Sumergir en el Tanais para qué? —se aseguró.

—Un simple baño de impresión —tranquilicé—. Pero aún falta mucho para que te lo den. Apelaremos a la princesa Iridia y...

El capitán volvió a lucir su sapiencia jurídica.

—Inmersión hasta la muerte por congelación —me corrigió—. La ejecución será inmediata, nada más lleguemos a la ciudad. Y no existe apelación posible.

Y coincidiendo con estas palabras las murallas de Navarís surgieron ante nuestra vista, alarmantemente cercanas.

Baiasca frenó instintivamente su marcha, en evidente disconformidad con el programa enunciado. Su cabeza se hundió un poco más entre los hombros.

—No puede ser —balbuceó.

—Tiene un hijo en plena lactancia —recordé—. Habrá que esperar a que la termine.

—Criadlo con cerveza y pepinillos —concluyó el oficial—. Seguro que lo preferirá.

Avanzamos por las calles de Tanais. Baiasca caminaba progresivamente encogida, con los pasos lastrados por plomos invisibles. Un tropel creciente de bosforianos nos seguía, guiados por el presentimiento de un grato espectáculo.

El caballo del capitán enfiló un descampado extramuros ceñido por una ancha curva del Tanais. En los charcos de la ribera relucían cristalitos de escarcha, como un anticipo de la inhóspita temperatura del caudal. Baiasca miró la masa rauda y cenagosa con la misma expresión que sin duda había dedicado a la oruga gigantesca. A continuación se volvió hacia mí con ojos suplicantes de un prodigio urgente. Le mostré las palmas de las manos, en un gesto que tanto podía indicar confianza en mis recursos como resignación ante el desenlace inevitable.

Junto a la orilla se alzaba un espigón de obra. Sobre un poste en él hincado se articulaba un pértiga con un brazo larguísimo, evidentemente destinado a elevar por palanca los pesos pendientes del opuesto; y otro corto, culminado en un inquietante gancho. La cémpsica examinó el artilugio con manifiesta desconfianza, mientras los lanceros la desataban y la aupaban sobre el malecón. Y la jaula de madera aportada por dos individuos malcarados, sin duda auxiliares del etolio, no disminuyó ni un ápice su recelo. El auditorio reunía ya dos buenos centenares de personas, en semicírculo a prudente distancia.

Yo había quedado en solitario bajo el dique, levemente desenfilado del eje de la atención general. Discurrí feroz e infructuosamente diversos procedimientos salvadores. Sabido es que los semidioses de mi tierra acreditan un brillante historial de rescates de emergencia y es probable que Heracles o Perseo hubiesen considerado la situación como un aburrido trámite; pero mi condición de mortal —que las puntiagudas espadas de la escolta hacían singularmente patente— me reducía a apretar los puños y a lanzar indignados resoplidos, de dudosa eficacia para mis fines.

Baiasca fue exhortada a entrar en la jaula. Obedeció con movimientos lentísimos mientras recorría la multitud con la vista como si, descartada mi virtualidad liberatoria, requiriese entre los espectadores algún héroe de incógnito.

Un sicario había aportado un platillo de bronce pendiente de un asa. En ese momento lo percutió por tres veces con un mazo. Cada golpe convulsionó a la cémpsica, como si percutiesen en su propio diafragma. Los verdugos bajaron el travesaño y anudaron la jaula a su gancho.

Remetalces surcó la multitud a caballo, al trote con su yelmo puntiagudo y su capa de pieles negras. Acudí a su encuentro con tal vehemencia que la montura caracoleó, a punto de precipitarlo al río.

—Hay que suspender la ejecución —urgí, inmune a sus juramentos militares.

El gobernador me contempló con sorpresa.

—¿Por qué motivo? —solicitó.

—Es una afrenta a la princesa Iridia. Mi mujer y yo somos sus invitados.

El guerrero sonrió desdeñosamente.

—No lo creo —rechazó.

Baiasca seguía expectante nuestra conversación. Los verdugos miraron al gobernador en demanda de instrucciones.

—Si no la liberas no pintaré el templo ni haré tu estatua ecuestre —amenacé—. Y toda la Hélade tendrá noticias de esta salvajada.

—Un amigo te aconsejaría que soltases mi caballo —advirtió Remetalces—. Me falta muy poco para conceder una ración doble a los peces. —El tono resultó suficientemente sincero como para que acatase la indicación. Mi interlocutor levantó un brazo, como el juez de una carrera ecuestre al dar la salida—. Adelante —ordenó.

Los sayones se colgaron del brazo libre de la pértiga. Baiasca inició el vuelo en el interior del armazón y osciló unos instantes sobre la corriente turbulenta. A continuación descendió con lentitud crepuscular. El contacto con el agua gélida, cortante como un hacha, provocó un grito ahogado. Tras lo cual se debatió, como si pretendiese resistir al mortal abrazo que la rodeaba. Atrapé las pieles del guía, confundido entre la masa.

—Tú viste cómo le atacó la oruga gigante —le interpelé—. Tienes que explicárselo al gobernador.

El barbudo se encogió de hombros.

—Estaba hablando con ella —narró—. De repente echó a correr hacia el bosque. Traté de advertirle, pero no me hizo caso. Y no había ninguna oruga.

Mi flema ática se desvaneció. Así al hombre por la zamarra y zarandeé su figura rechoncha.

—¡Hay que hacer algo! —vociferé—. ¡No podemos consentir que se congele!

—Diana ha tensado su arco —habló el navariano, en tono inesperadamente literario—. Nadie puede detener su flecha.

Y se escabulló entre la multitud. Pero por una vez había dicho bastante.

El esbirro del platillo había abandonado su instrumento, legítimamente deseoso de asistir al espectáculo. Empuñé el mazo con ambas manos. A continuación, con una brusca torsión del tronco, golpeé con todas mis fuerzas en el bronce.

El resultado acústico colmó las previsiones más optimistas. Cuando mis tímpanos, plegados sobre sí mismos como caracoles asustados, cesaron de convulsionarse miré a mi alrededor para indagar el efecto producido. Todos los presentes, con inclusión de Baiasca, concentraban en mi persona una expectación pocas veces experimentada. Predominaban las bocas abiertas y los más cercanos se tapaban los oídos, madurando la conveniencia, a juzgar por sus expresiones, de arrojarme al Tanais junto a la esclava. Tragué saliva con dificultad, mientras impostaba la voz para que no desmereciera del gesto heroico.

—Pido el arco de Orestes —declamé: y aunque el zumbido provocado por el gong me impidiera oírme, creo que Sófocles habría aprobado mi entonación.

Debo reconocer que la frase fue pronunciada sin un exacto conocimiento de sus consecuencias. Pero por el momento resultaron fulminantes. La pértiga se elevó en obediencia al misterioso conjuro; y Baiasca emergió del agua helada, como Venus Anadiomene de la espuma, y regresó al espigón, mojada como una carpa y tiritando de frío. Remetalces aproximó su caballo.

—No sabes lo que dices —me apostrofó—. Continuemos el suplicio y demos este incidente por no producido.

—Conozco vuestra ley —insistí—. Toda ejecución queda suspendida si alguien reclama el arco.

—Habrás de tensarlo; y a continuación acreditar tu puntería y tu valor como lo hizo Orestes.

Tuve un instante de titubeo.

—¿Qué ocurrirá si no los acredito?

—Serás puesto a remojo en su compañía.

Me volví hacia la cémpsica. Su mirada contenía amplios y preocupados interrogantes, pero a la vez una nueva e indefinible estima. No me quedaba otro remedio que encogerme de hombros, como un héroe de Homero ante la demanda de un combate singular.

—Vamos con las pruebas —reclamé.

Los navarianos, como buenos catadores de emociones sanas, aprobaron con un rugido mi solicitud. Los esbirros liberaron a Baiasca. A continuación enlazaron sus muñecas y la impulsaron tras el gobernador. Todos los concurrentes le seguimos tumultuariamente en dirección a la Acrópolis.

La presa caminaba aterida, con pisadas contraídas bajo su túnica empapada. Una vez más me interrogó visualmente y yo levanté el pulgar en falsísima señal de confianza. A mis espaldas se cruzaban apuestas, acreditando que ni en aquellas remotas latitudes se debilitaba el espíritu deportivo heleno, con un desolador seis a uno contra mis posibilidades de éxito.

Accedimos a una explanada terrosa, limitada por la muralla de la ciudadela. En un extremo se alzaba un roble de copa profunda. Los lanceros aproximaron a Baiasca al árbol y la sujetaron con varias vueltas de cuerda. Un sayón aportó un bote con pintura amarilla y ante la manifiesta intranquilidad de la cautiva trazó un aspa en la corteza, a un palmo de su coronilla. La muchedumbre se había esparcido por el llano, mientras la guarnición de la Acrópolis ocupaba asientos de privilegio sobre las almenas.

Un murmullo de expectación saludó la aparición del arco legendario, transportado por el omnipresente guía desde el interior del recinto. Era un madero toscamente labrado, con una cuerda anudada en uno de sus extremos. El lazo que colgaba libre evidenciaba que la primera prueba consistiría en tensar el arma; y el grosor de ésta, que Orestes fue sin duda un tipo recio, entregado a largas prácticas gimnásticas durante su infancia en Micenas.

El guía me entregó el arco ante la sonrisita suficiente de Remetalces. Lo empuñé y a punto estuve de dejarlo caer, sorprendido por el intenso calor que irradiaba la madera. El guía guiñó un ojo en un gesto rápido; de modo que retuve el arma y, a costa de chamuscarme la palma, me volví hacia el gobernador aparentando naturalidad absoluta.

—Móntalo —ordenó Remetalces.

Para cimbrar un palo de aquel calibre, si su madera se hubiese hallado fría, habrían sido necesarios no menos de dos Diomedes, sometidos a sobrealimentación y entrenamiento intenso durante un trimestre; y es probable que mi única salida hubiese consistido en emplearlo como garrote, experimentando su dureza sobre la cabeza de Remetalces para escapar sobre su caballo. Caliente como se hallaba —cercano a la incandescencia— podía intentar apoyarlo en el suelo y descargar sobre él todo mi peso, con los dientes apretados.

Siguieron unos instantes de intenso forcejeo, jaleado por los cuatro o cinco espectadores que habían apostado a mi favor y el cercano guía. De pronto cruzó por mi vista un relámpago verdoso, como una inspiración olímpica descendiendo del cielo; y ante mi propia estupefacción el lazo se ajustó al extremo del arma, perfectamente montada y lista para el disparo.

Incluso los apostadores defraudados aplaudieron con deportividad. Sonreí a Baiasca, que tiritaba junto al roble; después a Remetalces, inmovilizado por el asombro.

—Esperaba algo más difícil —comenté.

Una mueca siniestra se expandió por el rostro del gobernador. A un chasquido de sus dedos un oficial me entregó una aljaba con tres flechas.

—Ahora viene —aseguró.

Dados un arco, unas flechas y el aspa pintada sobre una cémpsica sujeta a un roble, hasta el más romo de los exquirientes habría conjeturado cuál iba a ser la segunda prueba; y la expresión radiante de Remetalces hacía presagiar que el disparo no se efectuaría a menos de treinta pasos. El oficial los midió ceremoniosamente hasta completar treinta y uno.

—En el centro de la marca —indicó el gobernador—. Y no habrá una cuarta flecha.

Durante mi instrucción militar había tirado con arco, como todo el mundo; pero debo reconocer que Alejandro el Grande habría opuesto serios reparos al nivel de nuestra decadente milicia y que la exigencia de nuestros superiores solía conformarse con que no matásemos al instructor.

Baiasca no perdía detalle de los acontecimientos, nada tranquilizadores como acreditaban sus manifiestas palpitaciones. Los espectadores habían despejado cautamente los alrededores del árbol. Un silencio absoluto, casi religioso, acompañó mis movimientos mientras colocaba la saeta y encaraba el arma.

No fue un disparo meditado; y las contorsiones de Baiasca, que intentaba desasirse de sus ligaduras, no contribuyeron a una certera puntería. El arco vibró con la precisión de un mecanismo bien ajustado. La muchacha se encogió en el gesto instintivo de quien pretende reducir su tamaño. Era innecesaria tal precaución, porque la flecha voló sobre la copa del árbol como una paloma fugitiva. Los curiosos sentados sobre la muralla se lanzaron cuerpo a tierra tras las almenas; a continuación desfilaron en busca de localidades menos arriesgadas.

El guía, que permanecía a mi lado, recomendó calma con un ademán. Tomé la segunda saeta, cerré el ojo pertinente y contuve la respiración, mientras aguardaba a que se aquietasen mis latidos.

Un blanco de nieve revestía las facciones de la cémpsica. Esta vez quedó inmóvil —dentro de lo que permitía su temblor—, con las pupilas dilatadas; y cuando el proyectil se incrustó en una rama a cinco palmos de su cabeza, su ay ahogado se sumó al mío.

La tercera saeta encajó su muesca en la cuerda. Por tres veces levanté el arco y otras tantas lo bajé, en evitación del desmoralizador efecto que su oscilación nerviosa habría producido.

—Tiendes a elevar la flecha —susurró el guía.

—No lo hago por gusto —repliqué.

—La solución es sencilla: apunta al cuello.

Y en ese momento, cual una piadosa mirada de Atenea a su apurado compatriota, el fulgor verdoso volvió a iluminarme. Elevé el arma con una nueva sensación de confianza, como si los disparos anteriores respondiesen a la estrategia de hacer subir las apuestas antes de revelar mi condición de arquero infalible; y la mantuve en el aire, sorprendido por la firmeza de mi pulso. Dirigí a la cémpsica una larga mirada, intentando insuflarle la serenidad que me invadía. El azogue que sacudía sus músculos probó que el mensaje no había sido captado.

Arrimé el ojo a la cuerda. El hueco formado entre las clavículas de la rea creció en mi campo visual, nítido en sus detalles como si se hallara bajo una lente de aumento. Separé los dedos y la flecha partió con la avidez de un hurón, directa a las venas del cuello.

Sonó el golpe en la madera; después el clamor de la multitud. Las plumas del proyectil flamearon sobre las franjas amarillas, clavadas en su exacta intersección. Si Baiasca hubiese lucido cabello largo, de punta como sin duda lo habría tenido en tal ocasión, mi disparo habría efectuado una perfecta raya partida.

La cémpsica había cerrado los ojos. Tardó en abrirlos, como si pretendiese verificar antes por la ausencia de dolor que no había sido alcanzada por el impacto. Al fin miró en mi dirección. Esta vez mi ademán levantando el pulgar fue el de un tribuno en pleno triunfo, ordenando un indulto general antes de iniciar el recorrido por la Vía Sacra.

Los esbirros separaron a la muchacha del roble. Ante

nuestra común sorpresa la empujaron hacia la fortaleza. Acudí en busca de Remetalces, mientras era palmeado por varios espectadores entusiastas, sin duda los apostadores más audaces.

—¿Qué significa esto? —requerí al gobernador—. He superado las pruebas y debe ser liberada.

—No has superado ninguna prueba —me corrigió—. Has ganado el derecho a intentarlo.

—¿Qué me falta por hacer?

—Repetir la hazaña de Orestes: matar una pantera de las nieves, antes del amanecer y con ese arco.

El gentío se dispersaba. Busqué al guía, pero se había eclipsado entre los curiosos. El capitán me entregó un haz de flechas. Lo coloqué en la aljaba y en vista de que nadie me dirigía la palabra emprendí el camino de mis aposentos.

El canasto de Anx no se hallaba junto a la cama, como un mal signo premonitorio. La guardesa se anunció con el habitual simulacro de cacareo, seguida por su silenciosa hija de mirada persistente.

—Lloraba de hambre, pobrecillo —justificó la mujer—. De modo que lo he llevado con la prisionera.

—Hay que proporcionar ropa seca a Baiasca —recordé.

—Ya la tiene. Tú sí que debes abrigarte bien. Allá arriba hace mucho frío.

La chiquilla se sumó a las recomendaciones de su madre:

—Coge todas tus ropas que no sean demasiado nuevas.

—¿Qué significa exactamente allá arriba? —planteé.

—Las montañas que hay detrás del templo de Diana —me ilustró la guardesa—. Están llenas de panteras. Tienes derecho a llevar una cabra para que sirva de cebo, pero no suele ser necesaria. Las fieras acuden en cuanto huelen carne humana.

Trasladé el interrogatorio a la niña:

—¿Y por qué no me convienen las prendas nuevas?

La criatura sonrió angelicalmente.

—Es una lástima que las echen a perder con las garras —explicó.

—Te prepararé provisiones para el viaje de ida —ofreció la matrona—. Mientras tanto mi hija puede acompañarte al tabelión para el testamento.

—No es justo que deba cazar la pantera de noche —protesté—. Ellas ven en la oscuridad y yo no.

—Tal vez sea mejor para ti no verlo —justificó simpáticamente la bosforiana.

Seguí las instrucciones de las féminas —aplazando por el momento lo concerniente al tabelión— y bien cenado y pertrechado, abrigado hasta el límite de mi guardarropa, con el arco al hombro y la aljaba a la espalda como un mercenario de los tiempos bravíos, abandoné la seguridad del dormitorio.

El viento bramó mientras cruzaba el patio, en afortunada imitación del rugido de una pantera. Me asomé a los calabozos y sin hallar la menor oposición por parte del carcelero, hondamente impresionado por mi disparo según sus palabras, accedí a la celda de la cémpsica.

Era un agujero subterráneo, con un enrejado a guisa de techo. Anx dormía arropadísimo en su canasto; y Baiasca, tendida de costado sobre la paja, cubría a su retoño con el cuerpo, a imagen de una tórtola sobre su nidada.

Cuando desplacé la verja levantó la cabeza. Bajé la escalerilla y me senté en un banco de piedra. Ella se instaló a mi lado.

—El guardián me ha explicado lo de las panteras —susurró.

—Aún no me han comido. Y si lo hacen se arrepentirán, con todo el picante que la guardesa ha puesto en la cena. ¿Has tomado algo?

La cémpsica negó.

—No tengo hambre. Sólo miedo y muchísimo frío.

—Ven aquí —ofrecí; y alzándola en volandas la deposité sobre mis rodillas y la envolví con los pliegues de la capa. Ella asintió y se sujetó a mi mano con las suyas, gélidas como guanteletes de acero—. Ya volveremos a tus distancias reglamentarias cuando pase todo esto.

—Les pedí que dejaran a Anx aquí —narró—. ¿No se enfriará, verdad?

—Ése vive bastante mejor que nosotros —tranquilicé.

Los dos quedamos en silencio. Baiasca se había ido acurrucando progresivamente, sin levantar la mirada.

—Cuanto antes me ponga en camino más pronto saldréis de aquí —expuse, sin provocar respuesta—. Y no hay que ser pesimistas. Tal vez encuentre una pantera desdentada, o enferma del corazón.

—Rezaré toda la noche a los dioses cémpsicos —habló Baiasca con un hilo de voz.

—Hay que reconocer que existe una remota posibilidad de que no volvamos a vernos —tanteé.

—No es remota.

—En realidad los apostadores de antes no darían ni veinte a uno por mí. Lo que quiero decirte es que, a pesar de todo, nos hemos divertido. Nunca hemos estado juntos más que unos pocos días, pero han sido más intensos que la vida entera de la mayoría.

—A mí me han gustado.

—Según nuestra religión, para entrar en el reino de los muertos hay que beber agua del Leteo, que hace olvidar el pasado. Pero estoy seguro de que respecto a ti no me hará ningún efecto. Nos encontraremos y charlaremos con mucha más tranquilidad. Al fin y al cabo allí no hay ninguna prisa.

La cautiva levantó la cabeza. Un brillo oscuro, de granitos de azabache disueltos, entristecía sus ojos.

—No sé decir estas cosas como las siento —alegó—. Pero me gustaría que supieras lo agradecida que estoy.

—No entiendo por qué. Me he limitado a cumplir las obligaciones de un griego caballeroso.

—Se necesitan otros motivos para arriesgarse por mí de esta manera.

Me rasqué la nuca con cierta irresolución, mientras abría un debate mental sobre este aserto. Era indudable que por un lado actuaba lo que en cierta ocasión una dama de Cleopatra definió como el complejo de Perseo, esto es, el afán de socorrer a una dama en peligro; por otro no podía poner la mano en el fuego sobre la absoluta falsedad de las palabras de la cémpsica. Le rocé la mejilla con la punta de los dedos.

—Tú harías lo mismo a la viceversa. O por lo menos, como no lo vamos a verificar, me gusta pensarlo.

La muchacha apoyó la sien sobre mi hombro.

—Ahora claro que sí —aseguró.

Una ráfaga gemebunda de viento ululó en el exterior, como una lóbrega llamada del destino. Cruzando la mirada con los reflejos acuosos de la suya, adelanté el rostro hacia el de Baiasca. Ella asintió con un ademán casi imperceptible; hubo un contacto de labios, sin presión pero sostenido, extrañamente cálido entre la gelidez de la mazmorra. A continuación la alcé suavemente y la deposité junto a su hijo durmiente, sobre el montoncito de paja. Ascendí por la escalerilla y, mientras el vigilante corría el enrejado, agité los dedos en una última señal de despedida.

El atardecer moría entre estertores bermejos cuando crucé la puerta de la muralla, con el arco, la aljaba y la mochila de las provisiones. El guía aguardaba a pocos pasos, más oculto que nunca tras las nuevas pieles añadidas a su habitual acumulación. Conducía una cabrita, destinada a servir de cebo a los felinos, a la que no pude evitar mirar con simpatía; con su cordel al cuello me recordaba a Baiasca.

—No tienes obligación de venir —le advertí.

El barbudo se encogió de hombros.

—Me ordenaron que te acompañase a todas partes —justificó con su voz gutural.

Repetí su gesto y emprendí con el bosforiano el camino del templo. Al doblar el recodo que nos desenfilaba de la ciudad planteé:

—¿Quién te dio el arco para que me lo entregases?

—Lo cogí yo. Siempre está colgado en la sala de armas.

—¿Y por qué lo calentaste al fuego?

—Se necesita algo más que un exquiriente insensato para tensarlo en frío. Muchos guerreros profesionales lo han intentado sin conseguirlo.

—¿Y a ti qué más te daba? —pregunté, antes de reparar en la mención de mi verdadero oficio.

Pese al embozo que cubría sus facciones habría asegurado que el hombre sonreía.

—Me gusta cazar panteras. Y si fracasabas en la prueba, perdería la ocasión.

Miré hacia el rechoncho ser con imprevista esperanza.

—¿Eres cazador de panteras? —me aseguré.

—Jamás he tenido a ninguna cerca. Pero es la ilusión de mi vida. —Y ante mis ojos atónitos se arrebató la peluca y comenzó a desprender sus espantables barbas. Coloqué los brazos en jarras, en espera de la inevitable aparición de mi tío Alcímenes—. No soportaba estos pelos por más tiempo —habló la princesa Iridia.

La bosforiana completó su transformación. Apenas si ajustó

las hombreras de sus abrigos y se ciñó las correas a la cintura; pero fue suficiente para transformar aquel disfraz de coliflor peluda en un coqueto atuendo de cazadora.

—No lo tomes como una desconfianza hacia tu trabajo —rogó—. Pero quería estar al corriente de la investigación; y al mismo tiempo pensé que sería divertido.

—Me habría molestado más que fueses otra persona —revelé—. Y aún no estoy muy seguro de que no aparezca, aunque sea disfrazado de pantera.

—¿Qué había en la cueva del Orco? —La puse al corriente de mis actividades en la caverna. Concluía el relato cuando su negra boca surgió ante nuestros ojos, casi esfumada tras las sombras nocturnas—. Es extraño —definió la princesa—. ¿Quién ha autorizado a esos hombres a trabajar allí?

—Parece obvio que Remetalces —acusé—. El verdugo etolio está a su servicio; y fue él quien indicó la contraseña que los guardias acataron después.

—También es sorprendente ese verdugo. Remetalces no me contó que hubiese contratado a un etolio; y le encanta comentar todo lo referente a tormentos y ejecuciones.

—Es muy sospechoso que no se hallara presente en el suplicio de Baiasca —apunté—. A menos que el polvo negro que le arrojé a la cara le haya retirado temporalmente de la actividad.

—¿Dónde has guardado el otro saquito?

—Lo llevo sujeto a la faltriquera.

—Déjamelo.

Le entregué la bolsa. La princesa espolvoreó su palma y la examinó a la luz del farol. A continuación la aproximó a su nariz y aspiró profundamente.

—No identifico el olor —expuso mientras me devolvía el saco—. Tal vez... ¡atchoum!

—Iba a avisarte. ¿Y si... —interrumpí cortésmente la pregunta, aguardando a que la princesa completase su espectacular exhibición de estornudos—, y si Remetalces experimentase con esos polvos como arma militar? Imagínate que antes del ataque los lanzase con catapultas sobre el ejército enemigo. Es difícil combatir sin dejar de estornudar.

—¡At at atchús! —corroboró Iridia, en el intento más logrado de la serie.

—Pero no sé si eso justificaría tanto secreto —completé.

—Es interesante. ¡Chus! Aunque no guarde relación con la muerte de mi hermano.

—La oruga gigante que vio Baiasca sí que puede ser una pista. Recuerda que según las apariencias hubo algo, procedente de la dirección de la cueva, que obligó a Polemón a correr despavorido.

—Esa oruga tiene que ser una alucinación de tu aigmalótida. Yo estaba a su lado y no vi nada.

—Tampoco yo me la encontré en la gruta. Pero es posible que los dos sufrieran el mismo tipo de delirio. —La luna menguante coloreaba poco a poco su superficie curva. La negrura del bosque sagrado resaltaba bajo su halo mortecino—. Hay otro punto extraño —señalé ante el silencio de Iridia.

—¿Cuál?

—El príncipe y Baiasca huyeron hacia el bosque desde el mismo lugar. Es por tanto presumible que entrasen en la espesura por puntos muy cercanos. Y sin embargo tu hermano no cayó en las trampas.

—¿Qué trampas? —se sorprendió Iridia.

—Las que protegen el bosque. ¿No viste a Baiasca pescada en una de ellas?

La bosforiana negó.

—Sólo oí unas campanitas. La debieron de tapar los árboles.

Habíamos doblado el recodo que formaba el farallón. Un túmulo de piedras amontonadas, tal vez un antiquísimo monumento votivo, se alzaba a nuestra izquierda en medio de la pradera. Regresé a las hipótesis.

—Si Polemón hubiese sido atrapado en una red, las sacerdotisas podrían haberlo hecho cuartos mientras fingían que lo buscaban.

La princesa meditó.

—¿Y el rayo, y el estruendo? —objetó.

—Servirían para crear confusión; aunque no sepamos todavía cómo los produjeron. Sí he averiguado que Laodicea estaba subida a un andamio, presenciando la escena por la lucerna; e intentó convencerme de que sólo hacía una semana que habían levantado los tablados.

—Después del rey, la suma sacerdotisa de Diana es la mayor dignidad del reino. ¿Para qué iba a participar en el crimen?

Avanzábamos cuesta arriba por una vereda pedregosa. Un

viento desapacible agitaba las brezas. La cabrita baló, como si desaprobara la dirección emprendida.

—Aclárame otra cuestión —solicité—, aunque no tenga mucho que ver con el fondo del asunto. Si tanto urge acabar las obras del templo, ¿cómo has retenido en Tanais al verdadero Lisímaco?

—¿Por qué urge?

—No lo sé. Pero tanto Remetalces como Laodicea han aludido a misteriosos acontecimientos que se desarrollarán en breve plazo, para los cuales es esencial el esplendor del templo.

Iridia rumió mi declaración.

—A la vuelta hablaremos largo y tendido de este tema —prometió.

La luna se escabullía entre los tentáculos de los nubarrones. El rastro de la vereda se había extinguido y unos árboles enclenques, quemados por la escarcha, tiritaban sobre las peñas. Regresé bruscamente a la realidad.

—Hablando del enigma me había olvidado de las panteras —comenté.

—Yo no. Pero habría sido muy arriesgado dejar tus informes para el camino de vuelta. —La bosforiana lanzó una mirada a nuestro alrededor—. Creo que ya hemos andado bastante —dictaminó.

—¿Cuál es el plan?

—Debemos buscar un buen refugio. Ataremos cerca a la cabra, nos protegeremos tras una fogata y esperaremos. Cuando aparezca la pantera no tendrás más que apuntar el arco.

Examiné el proyecto y me pareció aceptable, con un solo punto flaco.

—No podemos confiar en dos golpes de suerte seguidos —opuse—. Mi blanco en el roble fue una casualidad sensacional, de las que se dan una vez cada cien años.

—Haz lo mismo que entonces. Mírame, apunta un poco bajo y olvida lo que te rodea. La flecha partirá sola.

—¿Qué ocurrirá si la alcanzo y no la mato?

—Sería funesto. La pantera herida es el animal más peligroso del mundo. Se vuelve astuta, vengativa, sanguinaria y silenciosa.

—Volvamos a hablar del enigma —solicité.

A nuestra derecha se levantaba una cresta de roca. Iridia aproximó el fanal a su base e iluminó una grieta de unos tres pasos de anchura. Se hallaba en el remate de una suave pendiente despejada, frente a frente con un abeto solitario. El viento soplaba en dirección tan contraria como requeriría un manual para cazadores principiantes.

—Es el sitio —decidió.

La princesa sujetó a la cabrita, manifiestamente disconforme con su papel, mientras yo me afanaba en apilar leña en semicírculo con un radio de cinco pasos. Cuando concluí Iridia se acogió a su resguardo y entre los dos encendimos el fuego. Las llamas surgieron como una muralla mágica, mordiendo la oscuridad con su alegre chisporroteo. Pulsé la cuerda del arco con súbita confianza.

—Tal vez resulte más sencillo de lo que pensábamos —comenté—, y lo difícil sea cargar con la pantera hasta la ciudad.

—Con el rabo habrá bastante —informó la bosforiana.

La cabra insistía en sus quejas, siluetеada sobre el fondo oscuro por la claridad de la luna.

—Si no acude la pantera tendremos que salir a buscarla —expuse—. No podemos arriesgarnos a esperarla toda la noche y volver con las manos vacías.

El viento arreció. Retrocedí hacia el abrigo de la grieta. Un olor penetrante, casi almizclado, restregó mis pulmones. La princesa me siguió.

—¡Puf! —desaprobó.

—¿A qué huele? —planteé—. Este tufo me es conocido, pero no acabo de identificarlo.

La princesa dirigió el farol hacia el interior de la breve cueva. Su halo descubrió un tapiz de huesos pelados y calaveras hocicudas. En un primer impulso Iridia me abrazó, aunque su grito agudo eliminase todo sentimentalismo de la escena. A continuación se serenó y volvió a mirar hacia el osario, para cerciorarse del origen animal de los restos.

—Huele a pantera —respondió—. Y por supuesto que vendrá. Nos hemos metido en su madriguera.

Debo reconocer que la euforia del momento anterior se desvaneció. Por fortuna la fiera no había regresado de sus ocupaciones, como acreditó mi minuciosa exploración de la caverna, y la princesa y yo pudimos regresar a nuestra tarea de vigilancia.

Me tendí boca abajo sobre el límite de la gruta; coloqué

ante mí el arco y la aljaba y engasté previsoramente la flecha en la cuerda. Iridia se despojó de sus abrigos. Lucía una ajustadísima cota de mallas sobre un cinturón dorado y una exigua falda, como una amazona de la guerra de Troya dispuesta para el desfile inaugural. Su esmeralda favorita pendía del cuello, entre los bucles colgantes de su melena. Se echó a mi lado, bastante más cerca de lo que habría aprobado Remetalces, y extendió las pieles hasta arroparnos.

—La pantera de las nieves es el símbolo de nuestro pueblo —habló—. Libre, solitaria y fiera. Por eso la prueba del arco tiene un valor alegórico: quien la venza puede imponernos su voluntad.

—En estos momentos desearía que hubieseis escogido una gacela como emblema —declaré.

Recorrí el cerco flamígero, arrojando ramas secas donde flaqueaba. Sus crujidos resonaron en el inquietante silencio de la noche.

—¿Qué proyectos tienes? —se interesó la princesa cuando regresé a su lado.

—Por el momento se concretan en acertar a la pantera; y si no lo consigo, en proporcionarle al menos una mala digestión.

—Quiero decir después de resolver el enigma y ganar tu peso en oro.

—Empezaré por unas buenas vacaciones en Atenas. Creo que me las he merecido. Después regresaré a Roma. La mitad del oro pertenece a mi tío Alcímenes. Se lo gastará en las carreras, pero es mi deber de socio.

—Aun así te quedarán unas ciento veinte libras. Son suficientes para retirarte.

—Supongo que podría comprarme una quinta, pasar el día de las termas al circo y engordar como hacen los patricios romanos. Pero la verdad es que me gusta ser exquiriente. Si me hubiese escuchado hace un año y pico habría creído que deliraba —reflexioné—. Pero ahora echaría de menos a los enigmas y a los criminales. Se acaba por cogerles cierto cariño.

La voz de la princesa se transformó en una música acariciante.

—¿Y trasladar tu negocio? Ya has comprobado que el Bósforo Cimerio es una tierra muy prometedora.

—En nuestra profesión son fundamentales los contactos. Sería tarea de muchos años reproducir aquí la red de que disponemos en Roma.

El costado de la princesa se había adherido al mío; y su perfume favorito danzaba ante mi nariz como una bayadera persa.

—Dentro de poco seré la reina —susurró—. No hay contacto mejor.

Me esforcé por conservar la sangre fría.

—Mi profesión me encanta porque es libre —objeté—; sólo aceptamos los casos que nos apetecen; y nos enfrentamos con el culpable cualquiera que sea su rango. Un exquiriente al servicio de la corona acabaría por convertirse en un jefe de policía.

—Griego puro, ¿eh? Individualista y orgulloso.

—Cuando los atenienses dejemos de serlo la decadencia helena se habrá completado.

—Me gustan los griegos puros —arrulló la princesa—. Pero en este país no sólo necesitamos exquirientes. Un hombre con experiencia de mundo, cuyo oficio le ha instruido en la sagacidad y en la discreción, está llamado a los más altos cargos; y con ellos a las más altas recompensas.

Su voz esponjaba los oídos, como una corriente cálida entre el helor de la noche. La serpiente de los hebreos, que trepaba a los árboles para fomentar el consumo de manzanas, no debía de emplear un tono diferente. Creo que tartamudeé un poco:

—Son unas propuestas muy halagadoras. Pero deberé...

Un balido horrorizado llegó desde el abeto. Elevé la cabeza sobre la fogata.

—¿Ves algo? —preguntó la princesa.

—Hay un animal junto a la cabra —informé—. Grande, pardusco, con una larga cola...

Un gruñido ronco raspó el aire. Me precipité hacia el arco, como un náufrago en busca de la tabla, mientras Iridia saltaba sobre sus talones con la agilidad de nuestra visitante.

—¡Calma! —aconsejamos al unísono. Y a juzgar por la crispación de nuestras voces ambos necesitábamos urgentemente la recomendación.

La pantera detuvo su ataque, como si decidiera reservar a la cabra para el último plato tras dos apetitosos entrantes. Los ojos de la bestia fulgieron en mi dirección, rojizos y malignos. Tensé el arco con la respiración contenida. La princesa levantó el pulgar, autorizando el disparo. Su esmeralda emitió un destello benéfico, como si replicase a las luminarias enemigas.

Mi visual unió la punta de la saeta con el pecho del felino. La extraña sensación de infalibilidad, que ya experimentara en la prueba del árbol, me invadió con tal profundidad que ni siquiera el atroz rugido de la fiera hizo temblar la cuerda. Y en ese momento, cuando los dedos aflojaban la presión, una nube traidora engulló la luna.

La flecha partió hacia lo desconocido. Un golpe ahogado resonó en la oscuridad.

—¡Le has dado! —celebró Iridia.

Los dos aguardamos en tensión, mientras yo me apresuraba a colocar la segunda saeta. El rugido se repitió, más pavoroso que nunca.

—Creo que he matado a la cabra —declaré con tristeza.

La luna se liberó de su envoltorio. A su luz examinamos ansiosamente el campo de batalla. La cabrita estaba sola, pidiendo ayuda a sus dioses tutelares con unos balidos desgarradores.

—¿Dónde se ha metido? —planteé.

—Ha huido. Tal vez no se haya comportado a la altura exigible en nuestro símbolo nacional, pero no pienso reprochárselo.

—Deberíamos seguirla.

—Es posible. Pero no tengo la menor intención.

—Baiasca morirá congelada si no le cortamos el rabo. —Adelanté una pierna fuera del círculo de lumbre. A continuación examiné la negrura que nos rodeaba y la devolví discretamente al interior—. Claro que aún falta mucha noche y lo más probable es que venga otra.

—Sería una insensatez salir. Ya hemos comprobado que las panteras temen al fuego. Mi abuelo contaba que en una cacería...

Sin duda la experiencia de tan alto personaje me habría resultado de provecho, pero la ocasión no fue propicia para escucharla. Algo muy pesado cayó sobre mis hombros, como si la bóveda celeste hubiese optado de pronto por desprenderse, y me impulsó de bruces. El bufido rabioso que humedeció mi cogote confirmó la identidad de la desleal pantera, que había escalado el risco para atacarnos por la espalda.

Rodé desesperadamente sobre el hombro en la peligrosa frontera de las brasas. Por tres veces un aterrador chasquido de colmillos señaló el punto exacto ocupado un momento antes por mi nuca. Una garra se posó en mi zona lumbar, tratando de inmovilizar tan escurridizo objetivo. Su afilado contacto me decidió a dar una voltereta sobre la hoguera para caer del otro lado, en exacto remedo de la postura de mi contrincante. El arco quedó en el suelo junto a Iridia, que inmóvil a la entrada de la cueva trataba de convencer a la pantera de su incomestible condición de estalagmita.

Las pavesas habían prendido en la capa, transmitiendo un inquietante calor a mis paletillas, pero tal evento ocupaba un lugar secundario entre mis preocupaciones. Mis ejercicios gimnásticos habían abierto una brecha en la fogata; y la avidez con que la fiera me examinaba la yugular acreditaba que, por alguna extraña razón, tenía un alto concepto de mi valor nutritivo.

El felino bajó sus bigotes sobre un leño ardiente, tensando sus músculos para el salto definitivo. Me despojé de la capa, flameante como un brulote, y registré febrilmente mi faltriquera en busca de algún arma casualmente olvidada en ella. Sólo hallé la bolsa de polvillo negro. Aflojé su cordón y apunté hacia el hocico de la bestia. Al menos, un ataque de estornudos retardaría sus glotones propósitos. El saquito impactó en su rostro, justo en el instante en que iniciaba el asalto, y cayó abierto sobre el fuego.

La llamarada me arrojó de espaldas, con los ojos cerrados por el ardoroso resplandor. Cuando los abrí, la pantera saltaba enloquecida y desgarraba el aire con sus zarpazos en lucha con un enemigo invisible. Iridia me tendió el arco.

—¡Deprisa! —acució, apenas audible entre los espantables rugidos—. ¡Mátala!

No creo que abatir un animal ciego, vaciando una aljaba a cinco pasos de distancia, sea una hazaña que inmortalice a su autor en los anales de la cinegética. Cierto que fallé la mitad de los disparos y que dos o tres de los erráticos obligaron a la princesa a doblar la cintura con la presteza de un acróbata profesional; pero los impactos fueron suficientes para que la pantera, erizada de saetas como una nave asaltada, se enroscase braceando y cesase poco a poco en sus bramidos hasta caer exánime, con la lengua colgante.

Contemplé a la fiera con dos emociones contrapuestas: por un lado, cierto remordimiento por la destrucción de tan soberbio animal; por otro un anhelo primatesco de plantar la bota sobre sus costillas y lanzar a los cuatros vientos un aullido de victoria. La sangre teñía su librea sedosa, de color avellana moteado en oscuro. Iridia se aproximó con incredulidad al majestuoso cadáver.

—¿Qué ha sucedido? —planteó.

Reflexioné arduamente en busca de la respuesta.

—Por el momento no tengo ni idea —fue mi sincera contestación.

Cortar el rabo del felino con dos piedras filosas representó la tarea más desagradable de la cacería. Iridia lo guardó en su zurrón. La cabra había escapado, decidida a no mantener más tratos con quienes frecuentaban tales compañías nocturnas.

—Nos han sobrado muchas horas —fue la lacónica felicitación de la princesa; y los dos emprendimos en silencio el regreso a Navarís.

Caminamos por la cuesta abajo, sintiendo la interferencia de nuestras mutuas y hondas meditaciones. Al fin fue la bosforiana quien comentó:

—Hacía muchos años que nadie superaba las pruebas del arco. Mañana serás un ídolo popular.

—Para quienes no sepan cómo lo hice —apostillé.

—La pantera de las nieves era auténtica; y la has matado cuerpo a cuerpo. Creo que te propondrán para dirigir la próxima expedición contra los escitas. Remetalces tendrá dos motivos para morirse de celos.

Escuchando a la princesa, parecía que el paso obligado fuese acudir al Olimpo y reclamar la inmediata inscripción en el censo de los semidioses. Me esforcé por descender a la prosaica realidad.

—Ya peleé una vez contra un escita —recordé—. Y no siento la menor ilusión por repetir la experiencia pluralmente, ni aunque contase con cien toneladas de ese polvo negro. Remetalces... —Nunca me he tenido por un exquiriente intuitivo, en cuya mente broten las soluciones de los enigmas como meteoros en el cielo estrellado. Pero en aquella ocasión la teoría surgió fulminante, con la radiante claridad de la luna tras los nubarrones—: Remetalces la tramó. Y una sacerdotisa a las órdenes de Laodicea fue la ejecutora.

—¿De qué estás hablando?

—De la muerte de tu hermano.

La princesa detuvo bruscamente su caminata.

—Explícate —urgió.

—Sabemos que Remetalces almacena un polvo negro: y hemos aprendido que el contacto de éste con el fuego produce una llamarada. Si ese saquito fue suficiente para cegar a una pantera, no es difícil imaginar el efecto de un tonel entero. Y conociendo a tu prometido, es dudoso que consagre sus esfuerzos a la física recreativa o al desarrollo de la silvicultura. Tal potencia en sus manos debe convertirse en una aplastante arma militar y yo diría que ya ha empezado a ensayarla. ¿Cómo se han comportado los escitas en estos últimos meses?

—No han causado el menor problema —admitió la bosforiana—. O han emigrado en masa o han decidido abandonar las armas.

—También cabe que estén aterrorizados. Te dije que en mi viaje desde Tanais luché con uno de ellos.

—Y sólo te creí a medias.

—Mi única protección era un espejo bien bruñido; y sin embargo huyó tan deprisa que a punto estuvo de dejar atrás a su caballo.

Iridia recapacitó.

—Me debe de faltar práctica de exquiriente —alegó—. No tengo la menor idea de adónde quieres ir a parar.

—El arquero me atacó desde el oeste; y era la hora del atardecer.

—Quieres decir que el sol iluminaba tu espejo.

—Intentemos discurrir como lo haría un ingeniero militar: yo diría, con leve margen de error, que como nuestro amigo el supuesto verdugo etolio. El polvo negro ofrece una evidente desventaja como arma: hay que esperar a que el enemigo lo pise para aplicarle el fuego: y es dudoso que se le pueda distraer con cantos de vendimia mientras uno aproxima la llama.

—Existen las flechas incendiarias.

—Para hacer un blanco exacto deberían ser disparadas a una distancia relativamente cercana. Pero hay procedimientos para provocar la llama desde muy lejos. Arquímedes los utilizó contra las naves romanas en el sitio de Siracusa.

Iridia rebuscó entre sus recuerdos escolares.

—¿Espejos? —se cercioró.

—Un rayo de sol bien dirigido puede producir mucho calor. Yo utilizaba una lente contra la calva de mi preceptor; y se la palmeaba como si le picasen tábanos. Me costó copiar dos mil veces el comienzo de la Anábasis —recordé tristemente.

—El escita huyó al ver el sol reflejado en tu espejo —reconstruyó la princesa—. Creyó que el fuego iba a surgir bajo las patas de su caballo.

—Probablemente Remetalces experimentó el invento con los escitas. Yo diría que basta con colocar el polvo negro junto a una yesca muy inflamable. Y un buen físico sabría dar al espejo la curvatura adecuada para intensificar el rayo. —La princesa paladeó mis conjeturas—. Un heliógrafo es un conjunto de espejos, diseñados para proyectar el brillo del sol a distancia.

—Y las sacerdotisas tienen uno en el vértice de su templo —comentó la bosforiana—. Exactamente en el punto de donde surgió el rayo que mató a mi hermano. —Iridia inspiró profundamente. Aun a la débil luz del farol un brillo vengativo impregnaba peligrosamente su mirada—. ¡Ah canallas! —moduló en tono quedo.

—Meditaremos con igual eficacia mientras caminamos —acucié—. Ya sé que ocupa un lugar ínfimo en la escala de tus desvelos, pero Baiasca nos espera.

—Remetalces entregó polvo negro a las sacerdotisas —conjeturó la bosforiana mientras reemprendíamos la marcha—. Éstas lo acumularon en el claro del bosque y apuntaron hacia él el heliógrafo.

—Yo no las culparía a todas —intercedí—. Conozco alguna que jamás habría permitido un atentado contra tu hermano.

La princesa acentuó su tono amenazador.

—Tiempo habrá de averiguarlo. Las infames colocaron un ciervo muerto encima de la trampa —prosiguió—, para reforzar la creencia en la venganza de la diosa.

—Y para asegurarse de que Polemón se detendría sobre ella —completé—, Laodicea se subió al andamio dispuesta a presenciar el espectáculo desde la lucerna. —La bajada pedregosa se ensanchaba en un repecho de hierba bajo los riscos zagueros de la cueva—. Retiraron las redes del bosque sagrado para que tu hermano no cayese en ellas. Pero seguimos sin saber cómo se las arreglaron para hacerle correr hacia el claro; ni qué explicación tiene la oruga gigante que Baiasca vio salir de la caverna.

La bosforiana semejó no haberme oído, absorta en sus propios pensamientos.

—Las sacerdotisas de Diana no se venden por dinero —reflexionó—. Remetalces debió de halagar su fanatismo, prometiendo grandiosas mejoras en el templo y extender el culto de la diosa al paso de sus triunfantes ejércitos. Por eso Laodicea se impacientaba al ver la bóveda sin terminar.

A nuestra derecha se alzaba el túmulo de piedras amontonadas, como un monumento inconcluso a la gloria del gobernador.

—En cierto modo y aunque tú no lo quisieras ha estado trabajando para ti —suavicé—. Tú eres ahora la heredera de la corona; y si los planes de Remetalces prosperan serás la esposa del mayor conquistador de los tiempos modernos.

—No estoy tan segura. Él... —Tras un saliente de roca sonó una voz de mando; y las recias pisadas que siguieron desmintieron que su autor fuese un demente de los caminos, hablando solo entre aquellos riscos. Iridia contrajo el gesto—. Remetalces —anunció—. Nadie como el propio villano para revelarnos los detalles de su trama.

A juzgar por la actitud de la princesa, plantada con los brazos en jarras en medio de la vereda, aquéllos eran el lugar y momento escogidos para el ajuste de cuentas. Opté por rectificarla y la así del codo. El montículo de piedras era el único obstáculo plantado en la pradera entre el pelado farallón y las remotas sombras del fondo; y para empeorar la situación la luna arreciaba su brillo delator en un cielo inoportunamente despejado. De modo que corrí con la bosforiana a remolque, inmune a su resistencia, hasta guarecernos tras el trofeo.

Dos sicarios con antorchas precedían al gobernador y a la calva del etolio: y otra media docena les daba escolta con las lanzas en alto. Iridia apreció su punta y se adhirió a los pedruscos, como si aceptara la inconveniencia de hacer valer su condición principesca. Aguardamos a que la comitiva pasara de largo por el sendero. Ante nuestra sorpresa —y consiguiente inquietud— enfilaron el montículo para detenerse a cincuenta pasos.

—Aquí está el cabo de la cuerda impregnada —habló la vocecilla del etolio—. Transmitirá la llama como una hojarasca seca; y cuando llegue al objetivo la piedra más grande no será mayor que una manzana.

—Ese pintor medio loco debe de andar por ahí arriba perseguido por las panteras —habló Remetalces—. Si no se lo han comido ya, le daremos un buen susto con el estampido.

—Tal vez deberíamos aplazar el experimento hasta mañana —objetó el etolio—. Si regresa podría hablar más de la cuenta.

—En tan improbable caso picará carbón en la cueva hasta el día inicial. Procurad que le queden fuerzas para mi estatua gigante en el Foro.

Me volví indignado hacia Iridia.

—Jamás vi que un griego faltase de ese modo a su palabra —protesté.

—Remetalces no es griego puro —justificó la princesa—. Su madre era sármata.

—Después de esta demostración —continuó el supuesto verdugo—, anticiparás algunas semanas el día inicial. La fuerza expansiva del polvo en combinación con la gravilla haría volar como gaviotas a cuantos se encontrasen sobre el monumento.

El gobernador saboreó la imagen.

—Los romanos han presumido siempre de la disciplina de sus formaciones —recordó—. Seguro que se elevarán por los aires sin deshacerla. Espero que Iridia haya reaparecido cuando tomemos Tanais. El día de nuestra boda le depararé un divorcio original, con una buena ración de polvo negro bajo su silla en el convite.

La princesa apretó los labios.

—¡Qué sabandija! —siseó.

—Me alegro de que no sea un griego puro.

—¿Cuáles son tus conclusiones?

—Primera, tu prometido no se conforma con mejorar vuestro prestigio entre los reinos orientales: se propone nada menos que conquistar Roma. Segunda, el etolio ha descubierto la forma de inflamar el polvo a distancia, sin depender de los espejos ni del brillo del sol. Tercera, se dispone a verificar sus teorías haciendo saltar por los aires un montón de piedras.

La princesa examinó el programa.

—Éste es el único a la vista —concluyó.

—De lo que se deduce que podemos elegir entre volar como gaviotas o correr como liebres, con la remota esperanza de que todos esos lanceros sean artríticos. Por lo que a mí respecta, las alturas me dan vértigo.

Iridia sacudió orgullosamente su melena.

—Una princesa bosforiana no echa a correr. Mis antepasados se avergonzarían.

—Un exquiriente ateniense sí; el soldado de Maratón fue uno de mis antepasados. —El etolio se acuclilló con una antorcha en las manos—. Yo diría que la resolución debe ser inmediata —apunté—. Si escapamos en direcciones opuestas sólo nos perseguirán cuatro a cada uno.

—Alejaos un poco —recomendó el etolio a sus acompañantes—. Y agachaos cuando la llama llegue al objetivo.

—¡Enciéndela de una vez! —urgió Remetalces.

—¡Alto! —clamó una voz.

Diez pares de ojos convergieron en nuestra dirección. Confirmando mis peores temores, la princesa Iridia emergió de la pila de piedras y anduvo mayestáticamente hacia el grupo. Ocho lanzas apuntaron hacia su cota de mallas mientras se encaraba con el furibundo Remetalces.

—¿Qué haces tú aquí? —se convulsionó el gobernador.

La princesa hizo un gesto despectivo.

—Detened a ese individuo —ordenó a los guardias—. Queda destituido como gobernador de Navarís. Y al etolio también. Son reos de lesa traición.

Los lanceros titubearon. Un nuevo espasmo colérico sacudió a Remetalces.

—¡Basta con esta mascarada! —aulló—. Cogedla y llevadla a la cueva. Y buscad a ese mamarracho de pintor. Seguro que rondaba por las cercanías, gozando con su musa del claro de luna. —Pese a lo desafortunado de las definiciones, su razonamiento deductivo resultaba sorprendentemente correcto. Así lo confirmó mi repentina separación del montículo, galopando a buen ritmo hacia la negrura de la vaguada—. ¡Atrapadlo! —vociferó el ex gobernador.

Era un mandato inequívoco y para su ejecución partieron diligentemente tres lanceros. Ahora bien, en calidad de destinatario no me hallaba particularmente dispuesto a acatarlo. Partiendo de cincuenta pasos de ventaja, la modestia no debe impedirme señalar que en mi infancia fui subcampeón escolar ateniense de diaulo; y eso que en aquellos años felices me movían impulsos menos poderosos que el de ser perseguido por varios facinerosos armados.

.Corrí otros cincuenta pasos con mi mejor estilo y me volví para comprobar que la distancia aumentaba. Más allá del montículo, al que arribaban en tal instante mis perseguidores, sus compañeros iniciaban la tarea de empaquetar a la princesa Iridia para su seguro traslado a la cueva. De pronto, en un movimiento rapidísimo, la bosforiana se apoderó de una tea y la arrojó al suelo, manifiestamente sobre la cuerda trenzada del etolio. Una serpiente de fuego surcó el herbazal; alcanzó a mis cazadores a la altura del trofeo; y dispersó éste y a aquéllos, con un estruendo fragoroso, en una mansa lluvia de cascotes y pedacitos de coraza.

No me quedé a comprobar los resultados del experimento; al contrario, mis legítimas prisas por abandonar la pradera experimentaron un repentino incremento. Cuando los otros guardias consiguieron reaccionar, tras un animado forcejeo con la princesa, ya había desaparecido, tragado por las sombras de un bosquecillo más acogedor que el de las sacerdotisas.

Medité sentado en las raíces de una encina, convenientemente desenfilado entre la oscuridad. Por un lado era indudable que existían motivos de complacencia profesional. Los recientes acontecimientos habían corroborado todas mis hipótesis, con una precisión —algo favorecida por la fortuna— que para sí, aunque se cuidara mucho de decirlo, habría querido mi tío Alcímenes. Por otro parecía evidente que con Iridia en poder de los culpables mi satisfacción iba a reducirse al terreno puramente espiritual, sin la prometida compensación áurea.

Me encogí estoicamente de hombros, como Sócrates ante la copa de cicuta. Había hecho mi trabajo a conciencia, las vicisitudes políticas del Bósforo excedían ampliamente de mi incumbencia y si Remetalces, ensoberbecido por el poder de su polvo negro, emprendía la conquista del mundo se necesitarían fuerzas más enérgicas que las mías para detenerlo. Cuanto podía aconsejarme un observador prudente era que recogiese a Baiasca y a Anx, blandiendo el talismán del rabo de pantera, y los tres nos eclipsásemos discretamente hacia latitudes más cálidas, mientras el ex gobernador se distraía programando sus estragos universales.

Y en este punto de la reflexión me incorporé, con un suspiro resignado, y emprendí el camino de la cueva del Orco. No era que, falazmente engreído por mis éxitos de la jornada, decidiera proseguir mi carrera de héroe público enfrentándome en solitario con los villanos; tampoco que me preocupase en absoluto el destino de las infelices legiones romanas, inermes ante aquel elemento destructivo como tantas veces se habían encontrado ante ellas los pueblos bárbaros semidesarmados. Ni siquiera se trataba de que, receptivo a las insinuaciones de la princesa, hubiese resuelto completar mis méritos con un rescate espectacular.

Lo que sucedía era que Iridia había sido apresada con su zurrón a cuestas; que en el interior del zurrón se hallaba el rabo de la pantera; y que si no me presentaba antes del amanecer en Navarís con tan repulsivo aditamento Baiasca sería devuelta al río, en el interior de una jaula de madera, hasta convertirse en un témpano rapado.

Escalar un risco inaccesible sobre argollas empezaba a convertirse en una rutina. La despaché con un cuidadoso cálculo de las distancias, altamente engañosas bajo la luz endeble del menguante. Dejé atrás los helechos y trepé por la roca viva, alzando brazos y piernas con estrambótica lentitud en evitación de las campanillas delatoras.

Repicaron suavemente al rozarlas, como mecidas por la brisa. Liberé la respiración y continué farallón arriba, en las inmediaciones de la negrísima boca de la cueva, aguardando el embarazoso momento en que los guardias me preguntarían la contraseña. Existía una leve posibilidad de que nadie se hubiese acordado de variarla desde mi visita matutina; y una abrumadora probabilidad de que, atendidos los resultados de ésta, los lanceros despeñasen sin más miramiento a cualquiera que la pronunciara.

Asomé la cabeza por el terraplén con las precauciones que cabe imaginar. Se hallaba esperanzadoramente desierto, sin un mal centinela que plantease cuestiones inoportunas. Pensando que se cobijarían en la caverna, gateé sigilosamente; y sin percibir un solo habitante de la gruta, rebasé el portalón del fondo y husmeé con discreción en la estancia interior.

Los toneles continuaban en el mismo lugar, exhalando su acre aroma. Una antorcha crepitaba sobre el montón de sacos vacíos; y la princesa Iridia, solitaria bajo la tea, cerraba la relación de objetos reseñables.

La bosforiana miró en mi dirección con los brazos abiertos, no tanto porque celebrase verme —aunque en semejante coyuntura tampoco cabía descartar la hipótesis— como porque a tal postura le obligaban las correas que sujetaban sus muñecas a sendas anillas hincadas en la pared. Con su lustrosa cota de mallas y sus vivos tonos verdes presentaba cierto parecido con una mariposa de alas desplegadas, pinchada en la tablilla de un naturalista. Me apresuré a acudir junto a ella.

—Un exquiriente no abandona jamás a un cliente en apuros —adorné.

—El rabo está en mi zurrón —señaló sagaz y desmitificadoramente Iridia. Iba a agacharme sobre el saquito, a los pies de la bosforiana, cuando ésta urgió—: Coge mi daga.

—¿Dónde está?

Ella sacudió la melena con impaciencia.

—¿Dónde crees que ocultan sus dagas las princesas?

—No lo sé. Nunca he desnudado a una princesa —confesé, algo cohibido por mi inexperiencia.

—En la bota izquierda.

Retiré el calzado y extraje un estilete gemado, lo bastante filoso como para cortar las correas. Y si no ejecuté tal acción no fue por falta de caballerosidad, ni por malevolencia hacia Iridia, sino por el concierto de recias pisadas que acreditó la aproximación de Remetalces y sus secuaces. Un rincón tras dos toneles, lejos del halo de la antorcha, se me antojó un lugar inesperadamente acogedor.

El cesado gobernador de Navarís, futuro dictador del orbe, compareció junto a su inseparable etolio. Su ex prometida lo contempló sin el más leve destello amoroso. La escolta tomó posiciones en la gruta. El más cercano a la cautiva, un joven imberbe, quedó mirándola de reojo, como si calibrase el radio de sus curvas.

—Nuestro consejo de guerra ha concluido —informó Remetalces—. El experimento ha sido considerado muy convincente. Mañana iniciaremos la marcha sobre Tanais, imparables como la avalancha que rueda desde la cumbre.

—Haciendo salvedad de estos gusanos, necesitarás algo más que jueguecitos ruidosos para que las tropas te sigan —objetó

Iridia—. La lealtad a la familia real es innata en nuestro pueblo.
Su interlocutor sonrió aviesamente.
—¿Quién piensa en excluir a la familia real? —se sorprendió—. El hijo que se rebela contra su padre, deseoso de anticipar la herencia, es un ejemplo clásico en la historia. En este caso se tratará de una hija, eso sí, apoyada por un marido respetado por los soldados.
Tres relámpagos amenazadores fulgieron sincrónicamente en las pupilas de Iridia y en la esmeralda de su pecho, atentamente examinado por el lancero mirón.
—Siempre te consideré un fanfarrón descerebrado —reveló—. Pero si has creído que te voy a ayudar contra mi padre, fui muy benévola en el juicio.
—Revistarás las tropas a mi lado, atada a la silla si es preciso. Después te retirarás a picar carbón, como sana terapia para la sangre demasiado ardiente. Una actriz con velos fúnebres te sustituirá ventajosamente junto a mí.
La princesa desaprobó el programa con su expresión.
—¿Por qué los velos fúnebres? —se inquietó.
—Serán el atuendo indicado cuando tu padre ascienda hacia el éter sentado en su trono.
Hasta ese momento yo había asistido al diálogo con atención desde la sombra tutelar de los toneles. Un repentino hormigueo, sin duda motivado por el polvillo ambiental, me distrajo al recorrerme la nariz.
—A estas alturas dos o tres batallones leales deben de estar rodeando la cueva —intentó Iridia—. Si no te rindes inmediatamente probaré contigo ese polvo negro...
Y sugirió un enclave anatómico para el experimento, en forma harto indecorosa para su condición. Remetalces rió con ganas.
—Si te refieres a la alarma que pueda dar ese pintor chiflado, mis patrullas nocturnas son muy escépticas ante las historias fantásticas. Sin duda lo habrán arrojado ya al río.
La comezón rascó desagradablemente mi pituitaria. Me esforcé por ahuyentarla mientras la princesa proclamaba:
—No es un pintor. Se trata del más famoso exquiriente de Atenas, contratado para desenmascararte.
—En su honor, mi primera demostración en la Hélade consistirá en volar el Partenón. En su lugar levantaremos un tem-

plo de Diana. —La indignación que me produjo tal deferencia obró la virtud de alejar el estornudo. Remetalces continuó—: Creo que Laodicea proyecta derribar todos los templos del mundo y sustituirlos por santuarios de su diosa. Personalmente deploro tanta beatería, pero los pactos son los pactos. ¿Qué miras tú? —se indignó con el guardia lampiño.

—Vigilaba a la prisionera —balbuceó éste.

—No hace falta acercarse tanto.

Iridia retomó el hilo de la conversación.

—También Prometeo desafió a los dioses del Olimpo —recordó—. Y el águila de Zeus le picó en...

El final de la frase desacreditó definitivamente la educación alejandrina de la princesa. El prurito nasal regresó, más fuerte que antes.

—Correré el riesgo —admitió Remetalces. Pincé la nariz con los dedos, incapaz de resistir el picor—. ¿Quién te ha quitado la bota? —descubrió el ex gobernador.

—Tenía un calambre —justificó Iridia—. Hay un punto que has descuidado; un detalle que puede serte fatal.

Tal vez se tratase de una estratagema para desviar la atención de su captor, pero nunca llegué a saberlo. Mi poderoso estornudo, pese a las fuerzas empleadas en ahogarlo, relegó a un plano secundario todos los demás temas de conversación.

Opté por erguirme dignamente entre los toneles. Todos los presentes, salvo la princesa, miraban boquiabiertos en mi dirección. La aludida dejó caer la barbilla con desánimo.

—¡El pintor! —exclamó el jefe de la escolta.

—¡El exquiriente! —se pasmó el etolio, en homenaje a mi multifacética personalidad.

—Matadlo —ordenó Remetalces, en admirable síntesis de sus pensamientos.

El ojo de un exquiriente no cesa jamás de escrutar la realidad circundante, ni siquiera cuando una turba de energúmenos avanza hacia él con los venablos apuntados e intención manifiesta de convertirlo en un erizo gigante. Por eso, mientras el estómago brincaba hacia mi paladar como si pretendiese sustraerse a las lanzadas, observé cómo el soldado imberbe, absorto hasta el momento en las esplendideces de Iridia, sacaba la antorcha del portateas y la levantaba sobre su cabeza en imitación del coloso de Rodas.

Interrumpí la preparación mental de mi saludo al viejo Caronte. Algo, tal vez las pupilas desorbitadas del joven, me decía que su intención no era la de iluminar la puntería de sus compañeros sobre mi caja torácica. Y cuando arrojó la lumbre hacia los sacos amontonados, que ardieron con alegres chisporroteos, no pude menos que aprobar su conducta, por oscuros que me resultaran los motivos.

Sus camaradas no parecieron compartir mi opinión. Habían comprobado las cualidades del polvo negro y sus exiguas imaginaciones alcanzaban a representar el efecto que producirían todos aquellos toneles apilados. De modo que aplazando para mejor ocasión la tarea de ventilar mis entrañas compitieron con el etolio en una carrera hacia la salida, pródiga en empujones, codazos y otras tretas de mal corredor. El incendiario miró a su alrededor, como sorprendido por su acción, y se sumó a la avalancha, quizás más impulsado por la expresión de Remetalces que por el temor a las llamas.

El ex gobernador se abalanzó sobre los sacos ardientes y los golpeó con su capa, mientras componía inspirados neologismos con las peores palabras del idioma griego. Las lenguas de fuego se multiplicaron, imparables en su avance hacia los toneles panzudos. Corrí en busca de Iridia y corté las correas de su mano derecha, que con un fuerte tirón fue liberada de la argolla.

Remetalces desenvainó su espada con los ojos inyectados en sangre. Aprecié la calidad de su acero, desgastado por innumerables mellas acreditativas de un uso reiterado. No se necesitaba gran perspicacia para suponer que, conforme a sus proyectos, mi esternón causaría la siguiente marca. Hasta el momento el bosforiano me había parecido un individuo simplemente fornido, moldeado por abundantes horas de gimnasio. En tal coyuntura se me antojó una especie de titán reencarnado, de los que asaltaban el Olimpo con un roble a guisa de garrote.

Blandí mi daguita y al punto la retiré, en reconocimiento de la inutilidad de tal oposición. La tapa de un tonel, milagrosamente desclavada, ofrecía una resistencia más probable, de modo que la opuse como una rodela al mandoble del ex gobernador. El filo la partió en dos como a un melón maduro. Mi siguiente salto me situó tras la barrica abierta, esquivando por un par de pulgadas el nuevo espadazo.

Mi agresor resopló como un búfalo, separado por el diámetro del tonel. Tras lo cual levantó la espada con la expresión de quien saborea el golpe decisivo. Tal vez el coger un puñado de polvo negro y arrojárselo a la cara no fuese una conducta heroica, digna de Ayax, Eneas y otros duelistas legendarios; pero creo que en aquellas circunstancias podían permitírseme ciertas mañas.

A semejanza de la pantera, Remetalces se restregó la faz, convulsionado por estrepitosos estornudos; pero a diferencia del felino, era consciente de la ridiculez de éstos en tan decisivo momento y tal sensación no contribuyó a la necesaria serenidad de su ánimo. Su espada voló por el aire, en ciega búsqueda de mi pecho, y cayó inocuamente sobre las llamas.

Acabé de desatar a Iridia. El fuego bailaba en las cuatro esquinas del subterráneo, lamiendo la madera de los barriles. La princesa no se detuvo a recoger su bota.

—¡Vámonos! —exhaló; y predicando con el ejemplo mejoró el ritmo de los lanceros en su galopada hacia el aire libre.

No desmerecí de su velocidad. Esquivé una vez más los zarpazos úrseos del cegado Remetalces, crucé la galería exterior y tanteé en busca del primer peldaño, mientras la bosforiana se deslizaba farallón abajo. A continuación desanduve el camino, sin más interrupción en mi premura que la provocada por un fugaz suspiro. Había vuelto a olvidar el rabo de la pantera.

El interior del subterráneo daba una idea de lo que debió de ser Troya tras la entrada del caballo. Un laberinto de llamas danzaba en torno a los barriles y no se necesitaba consultar a un oráculo para pronosticar que en pocos instantes la gruta se convertiría en el Etna en plena erupción.

Rebasé la posición de Remetalces, que insistía en sus detonantes estornudos, sin ninguna intención de aliviarle; recogí el zurrón y reemprendí mi carrera. Tras lo cual ejecuté una espectacular pirueta, completada con un golpe de nuca contra la pared. Es fácil comprender que los ejercicios gimnásticos eran ajenos a mis intenciones y que el puño de Remetalces, en breve contacto con mi mentón, tenía que ver con aquel extraño comportamiento.

Me froté el punto del impacto. Lo peor no había sido su contundencia sino su precisión, reveladora de que el bosforiano volvía a ver. Lo corroboró inclinándose y empuñando su espada; sólo por un momento, pues al punto soltó el metal candente en que se había convertido su pomo, venturosamente para mi integridad.

Me levanté mientras bramaba y traté de esquivarlo con un quiebro de cintura, largamente practicado en los partidos de harpastum con mi equipo de Limnai. Pero también el ex gobernador debía de haber jugado, probablemente en funciones defensivas. El golpe de su hombro volvió a derribarme junto al muro, como si por alguna extraña fijación mental tuviera tal lugar como el adecuado para un exquiriente. A continuación levantó el madero que apuntalaba el montón de barriles y lo alzó con sorprendente facilidad sobre su cabeza, dispuesto a machacarme como a un insecto nocivo.

Es sabido que los atenienses de los buenos tiempos, educados en la impavidez ante el peligro, afrontaban la muerte con la sonrisa en los labios. Tengo la noción de que Remetalces me consideraba un típico espécimen decadente y por eso aún me sorprende que mi expresión regocijada no le resultara cuanto menos desconcertante. Como puede suponerse no se debía a un alarde de estoicismo, sino al fascinante espectáculo de los barriles más elevados, libres de la falca, rodando hacia mi enemigo.

El alud sepultó al ex gobernador. Varios toneles se desventraron con el golpe y derramaron su ceniciento contenido. Las llamas se avivaron, como oreadas por un viento favorable.

Salté sobre el túmulo que formaban los barriles, como Remo sobre los muros de Roma, y escapé por el corredor a toda la velocidad de mis piernas. Un estruendo luminoso retumbó a mis espaldas; y una zarpa invisible, asiéndome por los dobladillos de la túnica, me proyectó por el aire hasta incrustarme de bruces en la entrada de la cueva.

Rodé hacia el precipicio, tanteé en su pared hasta aferrarme al primer peldaño y salté. Hubo una luz cegadora. Un ruido indescriptible, cual si los cíclopes vaciasen de golpe todas sus reservas de truenos, sacudió la montaña como un almendro entre vareadores. Me adherí al farallón tratando de evitar los pedruscos que se desplomaban junto a mi cabeza, y algunos, por suerte de tamaño reducido, sobre ella.

Cuando el estrépito cesó y una columna de humo más negro que la noche se elevó hacia la ensordecida luna, comprobé que el zurrón pendía de mi cuello; que el rabo de pantera seguía en su interior; y que todos mis huesos, aunque maltrechos en distintos grados, continuaban en su sitio. Tras lo cual inicié el descenso hacia la oscuridad, con una remota esperanza de hallar mis tímpanos al fondo de la vaguada.

Aún era de noche cuando llegué a la superficie, muy distante de mi mejor condición; pero las estrellas parpadeaban cansadas y un ribete blancuzco asomaba entre las montañas del fondo. Me dispuse a avivar el paso, aplazando la atonía producida por los avatares de la jornada. Aunque ignorase si la princesa Iridia había escapado a los esbirros o desplazado el escalafón de la sucesión al trono, sí tenía el convencimiento de que nadie aplazaría la ejecución de Baiasca en espera de que la situación se clarificase.

Entre los forcejeos con la pantera, los puñetazos de Remetalces, la onda causada por el estampido y la lluvia de cascotes, mi cráneo había soportado pruebas propias de un minucioso control de calidad. Por eso cuando un nuevo objeto percutió en mi hueso frontal, en la aparente paz del bosque, mi primera reacción fue de estupor ante semejante conjura de los elementos.

La segunda consistió en identificar al agresor. La postura en que había ido a parar, tendido sobre unos brezos, favorecía su encuadramiento contra el claro de luna, aun obstaculizado por la sangre que fluía de mi ceja y el dolor invalidante convergente en mi cerebro.

No me sorprendió reconocer las guedejas del etolio. Al fin y al cabo era un hombre despechado, con sólidos motivos de rencor hacia mi persona, que había dado abundantes pruebas de mal corazón. Cuando le vi alzar una pesadísima piedra y comprendí que no me quedaban fuerzas para oponerme, me preparé para saludar al tenebroso Hades, si es que su jurisdicción abarcaba tan remotas tierras; y me sumergí en un sueño negro como las aguas de la Estigia.

VI

Un preceptor de mis años escolares había comparado la dureza de mi testa con la del mármol del Pentélico, desventajosamente para la piedra; pero las punzadas que la perforaban, al tiempo que la luz se insinuaba paulatinamente bajo mis párpados, parecían confirmar una profunda decadencia.

Abrí un ojo con cautela, después el otro. Continuaba boca arriba sobre la mata de brezos. El etolio reposaba a dos pasos, en el centro de un charco bermejo, con un aire pacífico que me habría extrañado de no mediar el detalle de la daga hundida entre sus omoplatos.

Me levanté trabajosamente y examiné la situación con frialdad profesional. La semejanza del arma con la que conservaba bajo mi túnica y la presencia de una bota femenina del pie derecho, a escasa distancia del cadáver, atestiguaban tres hechos importantes: que Iridia había escapado a sus captores; que las princesas orientales no ocultan un puñal, sino dos, para los casos de emergencia; y que la bosforiana había intervenido en el momento más oportuno, frustrando las investigaciones del etolio sobre las circunvoluciones del cerebro de un exquiriente, aunque en sus legítimas prisas me hubiese abandonado en el bosque como a un despojo de dudosa utilidad.

Me apresuré a comprobar que el rabo de la pantera seguía en el zurrón. Dirigí la vista al cielo; y al momento eché a correr, dejando para ocasión más oportuna el recuento de mis minusvalías. Hacía una buena hora que había amanecido y, siempre que las instituciones bosforianas funcionasen puntualmente, la frialdad del Tanais debía de estar a punto de convertir a Baiasca en un amasijo de cristales.

En el lugar oportuno afirmé que descendía de Filípides, el héroe de Maratón, y no se trataba de un infundio pretencioso. Y aunque entre los secretillos de familia se decía que no corrió los ciento cuarenta estadios para anunciar la victoria griega, sino por la noticia de que un herrero exento de servicio había sido visto escalando la ventana de su mujer, me esforcé en que mi galopada hacia la ciudadela resultase digna de tal antecesor.

Hallé el camino desierto con la sola excepción de un par de soldados que transportaban unas angarillas, sin duda remitidos por la princesa en mi socorro, a los que eludí y dejé atrás en mi frenética carrera.

Un solo lancero montaba guardia en la puerta de la muralla. Mi deplorable aspecto le indujo a una actitud defensiva, como si recelase —no sin motivo— que un muerto mal enterrado regresaba para reclamar a los servicios funerarios.

—¿Ha vuelto la princesa? —me aseguré.

—¿Eres el héroe ateniense? —preguntó a su vez.

Medité sobre tan incoherente atribución.

—Según como se mire —fue la evasiva respuesta. El hombre se cuadró reverencialmente—. Descanso —concedí en tono magnánimo.

Un silencio inquietante flotaba entre los edificios de Navarís, cerrados a cal y canto. Con mis últimas reservas de aliento escalé la pendiente hacia la Acrópolis; troté por el patio inhabitado, resollando como un agonizante, y asomé ansiosamente sobre la mazmorra de la cémpsica.

Baiasca se encontraba acurrucada en su jergón, con los pies precariamente guarecidos entre la paja. Cobijado en su canasto bajo dos o tres cobertores Anx dormía como un desalmado, insensible al helor de su madre.

Liberé la respiración como un odre que se deshincha. Acto seguido asomé el despojo de pantera entre los barrotes a ras de suelo, a guisa de serpiente curiosa. Ella levantó el rostro abrillantado por las lágrimas. Y aunque no sonrió abiertamente, era evidente que no habría trocado mi repulsivo presente por las manzanas de oro de las Hespérides.

Despasé el cerrojo, empujé la parrilla y tras saltar al interior del calabozo —mucho menos airosamente que la víspera— me senté en el banquito de piedra.

La cémpsica se levantó con manifiesta expectación. Anx frunció la nariz y emitió un remedo de estornudo, como si parodiase mi conducta en la cueva.

—¡Pobrecito! —exclamó Baiasca.

—¿Pobrecito? —me solivianté—. La próxima noche él y yo cambiaremos de sitio.

La expresión de la cautiva reveló su consternación por mi estado.

—Lo siento mucho —indicó.

—No ha sido nada —la tranquilicé—. Unos cuantos arañazos de la pantera y alguna que otra pelea sin importancia.

La cémpsica rozó mi frente con sus dedos gélidos.

—Te han dejado la cara como a un cíclope.

—También se me ha derrumbado encima una montaña. La verdad es que no ha habido ningún maremoto, ni me ha atacado un elefante; pero con esas excepciones creo que no me he privado de nada.

—Hay que curarte.

—En cuanto me lave un poco y encargue una túnica nueva a mi sastre del Limnai volveré a ser el de siempre. —Señalé hacia el durmiente—. ¿Cómo se ha portado ése?

—Ha llorado mucho. Tenía frío.

—Tú más. Aunque creo que en materia de llanto ha habido una disputada competencia.

—La noche ha sido muy larga.

—¿Nos vamos? El sol de la mañana os vendrá muy bien a los dos.

—Ve tú —rogó la cémpsica—. No creo que pueda salir sin que me autoricen.

Parecía lógico satisfacerla; pero el afán de rememorar las peripecias se rebelaba ante la espera. Rebusqué en mi zurrón.

—¿Un poco de pan y queso? —ofrecí—. Mientras te lo comes te pondré al corriente de los acontecimientos nocturnos. Después buscaré a la princesa.

—Claro que sí —aceptó.

En el curso de mi crónica hice ímprobos esfuerzos por reconocer su parte de mérito al azar, tanto en la muerte de la pantera como en el descubrimiento de los planes de Remetalces y su ruidosa desarticulación. Temo, sin embargo, que el conjunto de mi discurso recordase las peroratas de los héroes de Homero, cuando inventariaban sus méritos para ser admitidos en el rango de los olímpicos. Un oyente de paciencia media habría vaciado el cántaro por mi escote, pero fuese por la estima que habían despertado mis desvelos, fuese por la atonía muscular producida por la fría velada, el caso es que Baiasca me escuchó atentamente, contrapunteando con monosílabos mi épica narración.

Con el último bocado de pan y queso llegué a la muerte del etolio y a mi carrera hacia la acrópolis.

—Ha sido una noche aprovechada —definió la cémpsica.

—El éxito no es completo —opuse—. Sigo sin comprender por qué Polemón corrió hacia la trampa; y nos hemos quedado sin saber de dónde salía la oruga que te atacó. Si se trataba de un animal monstruoso que encerraban en la cueva, a estas alturas estará convertido en albóndigas de carne.

Baiasca reflexionó.

—No puedo ayudarte —dijo—. Sólo sé que la vi realmente.

—Hay otros puntos dudosos. Por ejemplo...

Me interrumpí en este vocablo, con la atención reclamada por unos pasos que se acercaban. La hija de la guardesa asomó por la parrilla abierta. En una mano llevaba un atadijo de ropa.

—La princesa Iridia os espera —fue su mensaje.

La cémpsica se alzó de puntillas y recibió las prendas. La identificación del uniforme de aigmalótida causó un impacto visible —y altamente negativo— en su expresión. Sin embargo cambió su túnica por la zamarra con un gesto rápido y, tras un suspiro contenido, enfundó sus piernas en los absurdos pantalones, reteniendo con un mordisco en los labios la incipiente fuga de sus lágrimas.

Me incorporé bastante más optimista. Iridia había triunfado de sus enemigos, mi áurea recompensa me aguardaba y, en la euforia del éxito, incluir a la madre y al hijo en la contraprestación sería cosa de un breve regateo. Anx rezongó malhumorado cuando lo extraje de su tibio canasto y lo entregué a la guardesita. Auxilié a la alicaída cémpsica a abandonar el subterráneo y los cuatro anduvimos por el patio. Baiasca con pasos brevísimos, hacia el salón del gobernador.

La princesa Iridia no había demostrado especial predilección por los atuendos discretos. En aquella ocasión, ataviada para la solemnidad con su túnica más plateada, un manto púrpura y un deslumbrante cinturón a juego, cuajado de piedras rojas, constituía una especie de explosión cromática, apenas menos vistosa que la acaecida horas antes en la gruta. Estaba sentada en el escabel de Remetalces, elevado por su porte a regio solio, y jugueteaba con su esmeralda colgante. Recordé mi aspecto, sucio de polvo negro, ensangrentado y embarrado hasta las cejas, y me consolé pensando que Héctor, de vuelta a casa tras la jornada laboral alanceando aqueos, no debía de presentar una traza mucho más apolínea.

Una gigantesca y prometedora balanza descansaba en un lateral de la sala, poblada por medio centenar de espectadores entre cortesanos, guardias y curiosos varios. Éstos abrieron pasillo hacia la princesa; y cuando avancé por él, ante mi inmensa sorpresa, rompieron en un estruendoso aplauso.

Sin duda mi tío Alcímenes habría respondido con la magnificencia debida, como un general romano en plena Vía Triunfal. Por lo que a mí respecta, completé el trayecto en el menor tiempo posible y flexioné las cervicales ante Iridia en una reverencia menos bizarra de lo que habría deseado. Baiasca se refugió junto a una columna de la entrada, pálida bajo sus ropajes cenicientos como si la princesa hubiese absorbido todo el color de la estancia.

—La traición ha sido derrotada —declamó Iridia—. Tú has cortado su cabeza venenosa, como el dios Apolo a la serpiente Pitón —amplió al estilo local en atención al auditorio.

Me sentí obligado a atenuar tan excelsa comparación.

—Tuve un poco de suerte —concedí—. Y sin el soldado que arrojó la antorcha...

La bosforiana me interrumpió:

—No hables más de la cuenta —recomendó entre dientes—. Según la versión oficial escalaste la cueva, tras derribar a los centinelas con el arco de Orestes; mataste a Remetalces en duelo singular, me liberaste y protegiste mi fuga contra todos sus lanceros.

—Con tal de que no me lo hagan repetir... —susurré.

La princesa recuperó el tono altisonante.

—Nuestros poetas trovarán tu gesta; los niños la estudiarán en las escuelas; y el verdadero Lisímaco de Megara la esculpirá en bajorrelieves. Debimos ser más silenciosos al destruir el polvo negro —amplió, de nuevo en forma confidencial—. Laodicea y sus secuaces han conseguido escapar a territorio escita.

—Lo lamento.

—No importa. Su ejecución habría sido impopular. Allí apaciguarán sus sueños de gloria espulgando ovejas de por vida. —La expresión solemne regresó al rostro de la princesa—. Prometí tu peso en oro —enunció—. Y jamás el tesoro bosforiano ha hecho una inversión tan fructífera. —Señaló hacia la balanza, como Tetis mostrando las armas de Aquiles, y exhortó—: ¡Sube al platillo!

Ser pesado en público es una sensación curiosa. Creo que Baiasca pasó por ella en su llegada a Roma, aunque sin tan remuneratoria finalidad. Me cuidé mucho de sacudir el lucrativo barro de la túnica y las botas, ni aun de desprenderme del arco de Orestes, terciado sobre mi hombro. Guiñé un ojo hacia la cémpsica mientras descendía del artefacto. Ella no contestó, cabizbaja, como si mi prosperidad no le produjese emoción alguna.

Los lingotes se apilaron, macizos y destellantes, hasta completar doscientas cuarenta y cuatro libras. El oro reflejó en mis pupilas, dilatadas por la emoción como las del rey Midas. La mitad de aquellas barras correspondía a mi tío Alcímenes, que a buen seguro las invertiría en algún tiro de caballos recomendado por sus informadores secretos; pero con la restante sobraba para un holgado retiro vitalicio.

—Con el oro adquieres nuestra gratitud —habló la princesa—. Y con ésta tu nombramiento como exquiriente real, con jurisdicción sobre todo el reino.

Me volví hacia la bosforiana con cierta turbación. No era mi propósito desairarla ante sus súbditos.

—Es una propuesta muy honrosa —encomié—. La aceptaría encantado si no tuviese tantos casos esperándome en Roma.

El brillo de la esmeralda hirió mi nervio óptico.

—La corona pagará cada enigma al doble de tu tarifa máxima.

—Será mejor que lo discutamos en privado. Yo...

La gema bailaba ante mis ojos, estratégicamente situada entre los principescos relieves corporales.

—Ésta es una oferta pública —habló Iridia, con una exacta combinación de melosidad e imperio—. Tu respuesta también debe serlo.

Compuse mentalmente el porvenir, sepultado en oro como un monarca lidio, cenando a solas con la princesa mientras le informaba de la última conjura descubierta. La esmeralda parpadeó, tentadora como la llama para la polilla. Con un esfuerzo supremo desvié la vista. Un griego no abdica de su libertad, salvo cuando capataces con látigos se encargan de persuadirlo.

—Pensaré en ello durante el viaje de regreso —eludí—. Tal vez cuando ponga el consultorio al día...

La princesa sacudió su melena. Por un instante creí ver una prima de la pantera, dispuesta para la venganza. Pero ella sonrió.

—Márchate entonces —concedió, arrastrando peligrosamente las palabras—. No puedo obligarte a trabajar para mi pueblo.

—Claro que no —me apresuré a corroborar—. No sería propio de un heleno libre.

—Mis hombres te escoltarán hasta Tanais. Allí te aguarda el barco de regreso.

—Te estaré muy agradecido —carraspeé con indecisión e intenté adoptar un gesto desenfadado—: Baiasca y el niño vendrán conmigo —expuse—. Si no te importa, claro está. Se lo merecen después de todas las aventuras que han corrido.

Había elegido un mal momento para mi solicitud. Mi interlocutora clavó su mirada en la esclava, como un gavilán sobre la paloma. La cémpsica se encogió un poco más.

—Que se adelante la aigmalótida —solicitó Iridia.

Entre la posición de Baiasca y el escabel principesco no mediaban más de treinta pasos; pero resultaron eternos para la cémpsica. Cuando llegó ante Iridia cuadró los talones, tratando de contener la oscilación de sus rodillas, y soportó el minucioso examen visual.

—¿Qué opinas tú? —brindó la bosforiana.

Baiasca meditó la respuesta.

—No debo opinar —resolvió al fin en un griego bastante correcto—. Será lo que tú decidas.

Sin duda habría sido la contestación seleccionada por un jurado; pero no pareció conmover a la princesa.

—No puedo negar nada a un héroe nacional —dictaminó ésta—. Te la vendo. —No cabía inaugurar con mejor compra mi condición de potentado. Lucí una sonrisa de conformidad, que se congeló en mis labios como un reo en el Tanais cuando Iridia añadió—: Por doscientas cuarenta y cuatro libras de oro.

—Miré hacia la balanza, después a la cémpsica. Ni una nube de duda flotaba en sus ojos atentísimos. Me rasqué la nuca desalentado e inicié el regateo con muy poca convicción.

—Por ese precio conseguiría mil esclavas —alegué.

Iridia parecía radiante.

—Es un producto de importación.

Imaginé fugazmente la reacción de mi tío Alcímenes cuando rindiera las cuentas de la expedición. Tal vez me iría mejor aceptando la oferta de la princesa y nacionalizándome bosforiano.

—De acuerdo —asentí, con un tono tan ceniciento como el uniforme de los aigmalótidos.

Baiasca aprobó visualmente mi decisión. Pero ya la princesa reanudaba su interrogatorio.

—¿Quién es ese niño? —planteó.

La cémpsica acusó el impacto. Esta vez su voz surgió temblorosa:

—Es mi hijo.

—¿Y cuál era tu condición cuando lo alumbraste?

Baiasca se estrujó las manos a la espalda.

—La de aigmalótida —susurró.

—Que se lo lleven —ordenó Iridia—. Entregadlo a un ama de leche. Quiero ser informada de sus progresos.

La cémpsica rompió su compostura reglamentaria. Se interponía con los brazos abiertos entre Anx y el lancero que iba a recogerlo cuando exclamé, bastante más reciamente de lo aconsejado por la etiqueta palaciega:

—¡Un momento! —Cien pupilas bosforianas convergieron sobre mí—. Es una inhumanidad.

—Los hijos de las aigmalótidas pertenecen al Estado bosforiano —informó impertérrita la princesa—. Y como tal propiedad pueden ser vendidos. —Apreté los puños con rabia. El precio era tan previsible como si lo hubiesen estampado en los pañales—. Son doscientas cuarenta y cuatro libras —amplió Iridia—. Por supuesto, de oro puro.

Me volví hacia Baiasca en demanda de instrucciones. La cémpsica había quedado en un claro de la sala, a mitad de camino entre la princesa y el pequeño, y miraba a su alrededor con ojos erráticos. Al advertir mi consulta exclamó con desgarro:

—¡No pueden quedárselo!

Tenía toda la razón. Pese a lo duro de la alternativa, ni siquiera merecía la pena abrir un debate. Me esforcé en deshacer el nudo formado en mi faringe.

—Elijo al niño —suspiré.

Una chispa triunfal surcó los ojos de Iridia.

—Devolvedla a los calabozos —dispuso—. Ya discurriré en qué empleamos sus dotes.

—Hay una partida de aigmalótidos dispuesta para las minas de carbón —informó un consejero cobista.

La princesa apreció la sugerencia.

—Que se incorpore —resolvió.

Las decisiones se sucedían a un ritmo vertiginoso, sin dejarme un respiro para protestar; o al menos así me lo parecía, anonadado como me hallaba por la perfidia de la bosforiana. Un lancero se aproximó a Baiasca dispuesto a conducirla por el codo. La cémpsica se desasió con un enérgico braceo y avanzó hacia Anx con los dientes apretados. Nadie intentó detenerla, como si los concurrentes intuyesen un posible perjuicio para su salud.

La guardesita le tendió el niño. Baiasca lo recogió, con la suavidad de quien aprehende una mariposa valiosísima, y adhirió la mejilla a la de su vástago. Una cascada de lágrimas arroyó desde sus pómulos, entre el silencio casi reverente de los congregados.

La esclava tensó sus brazos en torno a Anx, como una ostra sobre su perla. A continuación le besó en la cabeza pelona, combinando vehemencia y delicadeza como si pretendiese absorberlo a través de la fontanela; y tras un último apretón contra su pecho lo devolvió a la guardesita.

El guardia repitió su aproximación. Esta vez Baiasca se dejó guiar mansamente hacia el patio, con la expresión de quien flota dentro de una burbuja.

Una oleada de enternecimiento había inundado la sala. Todas las damas y algunos lanceros lloraban y un senador barbudo emitía ruidosos pucheros en primera fila. Anx se sumó al sentimiento general con uno de sus accesos coléricos, pigmentando su piel al estilo de una granada. Por lo que a mí respecta, me hallaba empapado por dentro como una esponja recién usada. Iridia se levantó de su escabel con enojo manifiesto.

—La audiencia ha concluido —emitió con un siseo de cisne

enfurecido; y recogiendo grácilmente el vuelo de su capa purpúrea abandonó la estancia con rápidas zancadas.

La condición de héroe popular es efímera, como acreditó la glacial indiferencia de los cortesanos mientras me encaminaba hacia la salida. Tomé a Anx en brazos e intenté apaciguarlo sin ningún éxito. Era obvio que la concordia en mi recién comenzada tutoría requería la colaboración de una eficaz auxiliar, que aportase las dos alimenticias razones de que yo carecía.

La guardesa se comprometió a conseguir un ama de leche, aun a costa de los últimos residuos de mi bolsa; y acunó a Anx, cada vez más disgustado con el mundo, mientras yo hacía el equipaje. Lo completé sin dejar de mirar por la ventana, no porque me atrajese el desolado panorama del patio, sino porque por él debían transitar los aigmalótidos en su forzada peregrinación hacia la mina.

Comparecieron en rigurosa formación. Tardé en identificar a Baiasca entre la sucesión de cabezas despobladas; necesité que estuviesen más cerca para advertir que era la única que lloraba.

Galopé escaleras abajo. Los aigmalótidos se habían detenido en el patio, con el silencio tristón que caracterizaba a la especie. Baiasca se volvió ante mi proximidad sin menguar el caudal de su llanto.

—Tampoco tengo tanta prisa en volver a Roma —informé, ajeno a la cercanía de los demás componentes de la hilera. Al fin y al cabo no era probable que hablasen una palabra de latín—. Puedo aceptar la oferta de la princesa por una temporada y visitarte todos los días con Anx. Ya se nos ocurrirá algo para liberarte.

La cémpsica negó con el ademán.

—Prefiero que se marche —susurró.

—Te da miedo que siga al alcance de Iridia, ¿verdad?

—Me da miedo todo este país.

—Le irá muy bien en Roma. Mi tío y yo nos encargaremos de su educación. —Medité sobre este punto y añadí—: Procuraré encargarme yo más que mi tío. Aprendería a apostarse el sonajero en las carreras de caballos.

—Cuidádmelo mucho.

—Te prometo que haremos de él un exquiriente de provecho.

Baiasca bajó la vista. A continuación se restregó los pómulos.

—Me gustaría que fuese cémpsico —musitó.

—Si te refieres a que hable tu idioma, no sé si podremos complacerte. Debe de ser la única lengua que no domina mi tío. —Reflexioné sobre sus palabras—. ¿Estás insinuando que lo lleve a la tierra de los cémpsicos?

Ella dibujó una sonrisa avergonzada.

—Habría comentarios para todos los gustos. Menos mal que yo no los oiré —añadió, abandonando significativamente el condicional.

—No encontraré la tierra de los cémpsicos. Estoy seguro de que no figura en ningún mapa.

El llanto había cesado. Tras su humedad, como un arco iris apenas esbozado, empezaba a abrirse paso la sonrisa de Baiasca.

—Un griego no necesita mapas para recorrer el mundo.

Encogerme filosóficamente de hombros se había convertido en una costumbre. La observé con la rutinaria destreza de un estoico.

—Al fin y al cabo cuando mi tío se entere de cómo he gastado la recompensa, estaré más seguro entre los cémpsicos. —Ella sonrió sin restricciones—. ¿Qué les cuento de ti?

—Diles que estoy... —Baiasca rebuscó entre su vocabulario— retenida por las leyes del Bósforo sobre extranjeros.

Guiñé un ojo.

—Ni una palabra sobre tu vestuario o tu peinado, ¿verdad?

Ella asintió.

—No me atrevería a volver.

Exhalé un suspiro sonoro.

—Ya nos despedimos una vez en Roma —expuse—. Pero entonces tú te marchabas contenta, y aunque lo normal era que no nos volviésemos a ver, no me importó demasiado. En esta ocasión me duele como si me arrancasen un brazo.

La cémpsica restregó el pie contra el empedrado.

—Cuando sepa que Anx ha llegado a mi tierra, volveré a estar contenta —manifestó.

—Verás como no tardas en reunirte con él. Con tu talento y tus ganas de trabajar no pasarás... —Retrocedí a su frase anterior—. ¿Cómo sabrás que Anx ha llegado? No es probable que el correo romano alcance esta buhardilla del mundo.

Un halo de inocencia rodeó las facciones de Baiasca.

—No había pensado en eso —aseguró.

—No sé si habrá algún cémpsico dispuesto a embarcarse para contártelo.

La mirada de la muchacha volvió a declinar. La experiencia me previno, como el mar rizado a un nauta.

—Para estas aventuras hace falta un ateniense —declaró.

Mis hombros subieron y bajaron con resignación. Al fin y al cabo los deberes de la caballerosidad acompañan al heleno de buena cuna como las manchas al leopardo; y a bastantes quebraderos de cabeza me habían deparado a aquellas alturas como para vacilar ante una simple vuelta al mundo.

—Creo que la princesa me aceptará también dentro de unos meses —declaré—. Cabe esperar que para entonces haya descendido tu cotización. Y si continúas sin estar en venta, organizaremos una buena fuga y la dejaremos con un palmo de narices.

Un golpe de ilusión animó los rasgos de Baiasca.

—Es demasiado pedirte —opuso.

—No quiero estar acordándome de ti a cada momento, con la indumentaria más absurda del mundo después de la de un general romano en el desfile triunfal.

—La verdad es que lo iba a pasar muy mal.

—Y ya tengo ganas de que te crezca el pelo. No te lo había dicho hasta ahora, pero pareces una crátera boca abajo.

Ella sonrió abiertamente.

—Yo también lo estoy deseando.

—Pero esta vez te acompañaré hasta dejarte en la tierra de los cémpsicos. A mí no me haces repetir la experiencia.

Baiasca había erguido la espalda, con la tiesura de un estandarte legionario.

—Claro que sí —corroboró.

—Ya era hora de que te decidieras —felicitó, en puro latín del Aventino, la aigmalótida más cercana—. Bastante desgracia es ser esclava como para soportar además estos diálogos de mal comediógrafo.

Alguien dio una orden en la cabeza de la hilera y ésta se puso en movimiento, lenta y cenicienta como una oruga procesionaria. Baiasca tendió sus manos. Las así e intercambiamos un apretón impulsivo, breve y profundo como un latido.

A continuación ella se volvió y siguió los pasos de su antecesor.

La acompañé con la vista hasta que se perdió por la puerta de la ciudadela. Entonces corrí hacia mi habitación y concluí raudamente el equipaje. Cuanto antes iniciase mi peregrinación por la helada estepa bosforiana más pronto estaría de regreso.

Me disponía a abandonar la estancia con el ánimo bastante resquebrajado, cuando la guardesa volvió con la ayuda prometida. Se trataba de una escita de facciones pisciformes y exuberante busto, a cuyo costado colgaba en un saco lo que tanto podía ser su hijo como un alevín de salmonete. La contemplé con escaso entusiasmo. Por el contrario, Anx cesó en sus pucheros y bizqueó, anonadado por tan prometedor relieve.

—Me ha costado cincuenta dracmas —explicó la bosforiana—. Pero tiene leche de primera calidad, legítima del Cáucaso.

—Después de mis experiencias con el precio de los esclavos, en este país me parece un saldo —concedí.

Anx manoteó nerviosamente, ansioso por comenzar el festín.

—Es la primera vez que fija la vista —observó la guardesa.

—Empieza a hacer progresos bajo mi tutela —bromeé—. Claro está que con esos... ¡Por la piel de la cabra Amaltea! —salté.

La bosforiana dio un respingo.

—¿Qué ha pasado? —se inquietó.

—¡Naturalmente! ¡Eso es!

—Te prepararé una infusión de verbena. Es sedante y antiespasmódica.

Repetí mi imitación de un potro excitado.

—¿Cómo he sido tan torpe? ¡Mi tío disolvería nuestra sociedad si se enterase!

—Seguro que sí —habló la guardesa en el tono habitual para un demente exaltado—. No te preocupes.

Anx volvió a llorar, como si pensara que le disputaba la comida.

—Necesito un vidrio.

—¿No preferirías echarte un poco? Han sido experiencias muy duras.

—Y algo que produzca humo.

—¿Quieres incendiar la fortaleza? —se angustió la mujer.

—Esa vela servirá. ¿Y el vidrio?

—Puedo conseguir uno en la vajilla del gobernador. Pero son muy caros y si...

—¡Tráeme un plato! Si te preguntan para qué, di que preparo una sorpresa para la princesa.

Di vueltas a la habitación mientras Anx inflaba sus carrillos, adherido como una lamprea al manantial de la escita. La guardesa regresó con un plato llano, lo bastante transparente para mis fines. Lo ahumé concienzudamente con la llama de la vela, insensible a las protestas de la bosforiana; tras lo cual lo guardé en mi faltriquera y salí en busca de los aposentos de Iridia.

Un par de lanceros trató de impedirme el paso, pero una dosis de mi elocuencia ática y sendos quiebros de cintura bastaron para rebasarles, aun a costa de dejar entre sus zarpas mi capa de viaje. Golpeé educadamente con los nudillos en la puerta; a continuación abandoné la educación, giré el picaporte y entré, porque los guardias galopaban en mi persecución sin el menor ápice de tal cualidad entre sus designios.

La princesa levantó la cabeza sin mostrar sorpresa alguna. Se hallaba tendida boca abajo en un diván, cubierta —muy parcialmente— por un lienzo blanco y con su sempiterna esmeralda al cuello. Una masajista recorría su espalda con dedos ágiles, esparciendo el mórbido aroma de los ungüentos.

Los lanceros irrumpieron tras mis pasos. Al punto se cuadraron y elevaron los ojos hacia el techo, pese al escaso interés artístico del artesonado.

—Le esperaba —tranquilizó Iridia a los sicarios—. Volved a vuestros puestos y dejadle la capa. La necesita para regresar a su país. —Los hombres dieron un taconazo y se alejaron, sin desviar la mirada del estuco. La princesa apoyó la barbilla en sus puños con expresión risueña—. ¿Cómo es que descuidas tus deberes de niñero?

—Vengo a despedirme —declaré—. Creo que mi tarea en este país ha concluido.

—Si consistía en desairar a su princesa ante la corte, tienes toda la razón. Tus logros pueden considerarse insuperables.

—Lamento la escena anterior. Pero no fue diplomático plantear tu oferta en público.

—Cometí un error —aceptó llanamente la bosforiana—. Pero muy liviano comparado con el de haber impedido que el etolio añadiera tus sesos a los ingredientes de su receta. —La princesa entornó los ojos, sedada por la fricción de la masajista sobre sus trapecios—. Al matarlo renuncié a dominar el mundo con su fórmula.

—Tú nunca habrías usado el polvo negro. Es más, creo que habrías ejecutado de todos modos al etolio para que no divulgase su secreto.

—¿Cómo lo sabes?

—Eres bastante más inteligente que Remetalces. Te consta que los romanos se llevarían un buen susto en las primeras batallas, pero terminarían por hacerse con la fórmula. Y en sus manos y con sus medios, cualquier reino disidente se convertiría en provincia de la luna; probablemente comenzando, para ejemplo de los demás, por el Bósforo Cimerio.

—Los beneficios de contratar a un ateniense son incontables como los líquenes del bosque —expuso Iridia—. No se limitan a resolver enigmas; te instruyen además sobre estrategia diplomática, geopolítica y filosofía de la Historia.

—También venía a hablarte del enigma —señalé—. Tengo un escrúpulo profesional.

—Expónlo.

Señalé hacia la esclava, que moldeaba los turgentes gemelos de su dueña.

—Puede ser confidencial —avisé.

—Una dama no tiene secretos para su masajista.

—Yo he cobrado mis honorarios íntegros —comencé—. Pero hasta el momento sólo he resuelto medio enigma.

La princesa retiró un mechón rebelde de su frente.

—Todos los criminales han sido desenmascarados —opuso.

—Todavía no. Creo que sé por qué tu hermano entró en el bosque sagrado.

La princesa se incorporó. Con un movimiento fugaz arrolló el lienzo a su cuerpo y quedó sentada en el borde del diván, con los pies colgando y una expresión de interés repentino.

—Por hoy es suficiente —despachó a la esclava.

Iridia me contempló fijamente mientras acariciaba su esmeralda colgante. Inspiré, como una rapsoda de los tiempos antiguos a punto de iniciar su declamación.

—Polemón corrió perseguido por una figura horrible que surgió de la cueva del Orco —expuse—. Con leve margen de error cabe describirla como una oruga peluda y gigante, probablemente alada.

—¿Como la que asustó ayer a tu aigmalótida? —Hice un gesto afirmativo—. Pero los dos estuvimos en la cueva; y no vimos a ese monstruo.

—Tampoco la diosa Diana disparó ningún rayo contra tu hermano; y sin embargo todos presenciasteis cómo caía desde lo alto del templo.

El brillo de atención se intensificó en las pupilas de la bosforiana.

—¿Dónde quieres ir a parar? —indagó.

—Intento poner de manifiesto que los sentidos pueden engañarnos; por sí solos o inducidos.

—¿Quién sería el inductor?

—Erais muchos los que os hallabais en torno a tu hermano. Pero junto a Baiasca había una sola persona.

El brillo pupilar se acercó hasta convertirse en punzante.

—¿Hablas de mí? —se cercioró. Hice un modesto ademán afirmativo—. ¿Pretendes que soy una maga, capaz de obrar prodigios?

—Suelen ocurrir en tus cercanías. No es normal que un guerrero seleccionado por su fidelidad para la escolta personal del gobernador enloquezca de repente y lance una antorcha contra unos barriles inflamables; y que yo acierte en el blanco con una flecha a treinta pasos, bajo toda la presión posible, entra en la categoría de sobrenatural.

Iridia cruzó una pierna sobre otra, cada vez más interesada.

—¿Estás insinuando que participé en la muerte de mi hermano? —se aseguró.

—No lo creo. En mi opinión particular, Remetalces y tú tramasteis un plan para desacreditarlo, obligarlo al exilio y convertirte en heredera de la corona. Al entrar sacrílegamente en el bosque, ante los ojos de toda la corte, quedaba incapacitado para reinar.

—Como cómplice de los asesinos no habría sido muy inteligente al contratar a un exquiriente.

—Remetalces te engañó. Había contratado al etolio, interesado por las maravillas que éste contaba sobre su polvo negro;

y en colaboración con Laodicea decidió aprovechar tu plan para quitarse de encima al primer obstáculo en su carrera hacia el trono. Tú fuiste la primera sorprendida por la muerte del príncipe; tanto, que llegaste a pensar en la posibilidad de que la propia diosa lo hubiese fulminado. Por eso me mandaste llamar.

La princesa mordisqueó pensativamente su joya. Luego la dejó pender con un movimiento suave, desprovisto de toda iracundia.

—Cuando, según tu planteamiento, habría hechizado al lancero me encontraba atada; en el momento de encantar a mi hermano nos rodeaba una docena de personas; y cuando, por un pretendido y lamentable sentimentalismo, te habría ayudado a salvar a tu aigmalótida, nos miraban más de mil. ¿Puedes explicarme cómo utilizo mis poderes mágicos? —La esmeralda se balanceaba lentamente, como un péndulo centelleante. Extraje el plato ahumado y lo coloqué ante mis ojos—. ¿Qué se supone que haces ahora?

—Tras este vidrio no se ve sino una inofensiva piedra verde —expliqué—. Un poco aparatoso, pero es el mejor antídoto contra la lágrima de Atenea. En otras circunstancias no me importaría ser hipnotizado —amplié con galantería—. Ya lo he sido en tres ocasiones, antes de tensar el arco, disparar a la encina o apuntar por primera vez contra la pantera. Pero temo que en esta ocasión yo haría de blanco en lugar de arquero.

Iridia depositó la gema sobre el diván.

—Muy original —aprobó.

—En absoluto. Perseo utilizó un escudo bruñido para matar a la Medusa sin mirarla. Supongo que aprendiste el arte de la hipnosis en Alejandría —completé—. Te resultó sencillo convencer a tu hermano de que un monstruo os acometía. Después repetiste la experiencia con Baiasca, para verificar si cualquiera que profanase el bosque sagrado era igualmente fulminado por la diosa.

La princesa sonrió dulcemente.

—¿Qué ocurrirá si llamo a los guardias y les digo que has intentado asaltarme? —planteó—. No parece que ese plato te vaya a ser muy útil contra sus lanzas.

Era una posibilidad neciamente imprevista. Medité sobre este punto sin gran éxito.

—Cometerías un grave error —alegué provisionalmente.

—No pensarás decirme que has redactado un informe por escrito; y que mi padre lo recibirá de un mensajero anónimo si antes de siete días no regresas sano y salvo a Tanais.

Me pareció una excelente hipótesis de trabajo.

—Tres días —rectifiqué—. Tengo prisa por volver a casa.

—¿Cuál es tu alternativa? Quiero decir, ¿te propones seriamente acusarme?

—Tú eres mi cliente —reconocí—. Me encargaste que resolviera un enigma y cumplo con mi trabajo dándote la solución.

La princesa me miró con tal fijeza que a punto estuve de resguardarme otra vez tras el plato.

—¿Cómo sé que no hablarás más de la cuenta cuando salgas de aquí?

—La discreción es la primera virtud del exquiriente. Aunque tal vez en este caso necesite algunos estímulos adicionales. Es mi primer magnicidio —justifiqué—. Y si pudiera contarlo engrandecería notablemente mi prestigio.

La princesa se encogió desdeñosamente de hombros.

—Llévate a tu aigmalótida —concedió—. Nuestra producción minera no sufrirá una merma apreciable.

Tanteé mi conciencia a hurtadillas. En cierto modo estaba quebrantando los deberes de un buen exquiriente; pero Iridia había vulnerado con su comportamiento todas las reglas de conducta del buen cliente.

—Es un comienzo prometedor. Pero el silencio absoluto tiene un precio complementario.

—¿Qué precio?

Volví a llenar los pulmones antes de responder. Era tan previsible como si se hallase bordado en el lienzo que envolvía a la bosforiana.

—Doscientas cuarenta y cuatro libras —precisé—. Por supuesto, de oro puro.

Las minas de carbón perforaban una meseta tenebrosa, aislada como un patíbulo en medio de la llanura a tres buenas horas de Tanais. Llegué a su base al atardecer, cuando las nubes empezaban a arder como el polvo del etolio y los cuervos volaban en círculo, despidiendo la jornada con la alegría consustancial al país.

Una rampa solitaria bordeaba el costado occidental del promontorio. La coroné y accedí a una explanada, con el crepúsculo a mis espaldas como si escapara del incendio celeste. El silencio reinante en las instalaciones acreditaba que los aigmalótidos se habían recogido en sus barracones como abejas en el panal. Tan sólo media docena permanecía en pie junto a la primera caseta, alineados a cinco pasos de distancia bajo la vigilancia de un aburrido capataz.

Me aproximé en demanda de información. Baiasca ocupaba un lateral de la fila. Al verme irguió la cabeza, en un gesto tan impulsivo que a punto estuvo de desnucarla.

—Anx está perfectamente —voceé a quince pasos de su posición, antes de que la palidez creciente acabase por borrarla—. En estos momentos debe de nadar en la abundancia, en el más preciso sentido de la palabra. —Ella respiró. La carbonilla y las lágrimas habían formado un curioso cerco sobre sus pómulos—. No te sienta bien la minería.

—Metieron una culebra en mi taza de caldo —susurró—. Grité y me arrestaron.

—En estos tiempos es difícil encontrar quien gaste novatadas de buen gusto —me condolí—. ¿Cómo ha ido el día?

—He pasado la tarde baldeando un pozo recién abierto, con un barro repugnante hasta las rodillas —explicó la cémpsica sin dejar de mirarme con interrogación, como si me exhortase a justificar mi inesperada presencia.

—Quería preguntarte si en el viaje de vuelta podremos hacer escala unos cuantos días en Atenas. Hace un año que me fui y me gustaría visitar a mi familia, aunque lo más probable es que me pregunten por qué vuelvo tan pronto; saludar a los amigos, echar un vistazo a mis olivares, probar los guisados de mi madre... todas esas cosas que uno hace cuando vuelve a su tierra, sin omitir dos o tres asuntillos prometedores que dejé pendientes.

Para mi leve decepción los enigmáticos asuntillos no despertaron el menor interés en Baiasca.

—¿Has caminado siete millas para preguntarme eso? —se sorprendió.

—Más otras siete de vuelta —concreté.

—Pero tú estás en condiciones de hacer lo que te apetezca. No necesitas pedirme permiso.

—Es un deber de cortesía.

—Claro que puedes.

—Atenas te encantará. Un baño en una caleta de Salamina te hará olvidar todas estas polvaredas. Después cenaremos hojas de parra rellenas en un mesón del Cerámico, con resina para regarlas. Para ti agua de la fuente Calírroe —recordé—. Y cuando veas amanecer desde la Acrópolis, más allá de los bosques plateados del Licabeto, te acordarás un poco menos de la tierra de los cémpsicos.

La expresión de Baiasca reveló su diagnóstico sobre el estado de mi juicio.

—Me gustaría mucho —suspiró.

—De paso conocerás a mi familia. Es una de las curiosidades de la ciudad. ¿Y si dejas de imitar a un bajorrelieve y te pones cómoda?

—Estoy arrestada —se negó.

Desenrollé el pergamino y lo extendí ante sus ojos.

—Lee esto —invité.

Ella examinó el texto.

—No entiendo bien el griego escrito —recordó—. Parece un documento de compra.

—El sello es de la princesa. En realidad se trata de una manumisión. Es sorprendente cómo se ha depreciado tu valor en pocas horas.

La esclava repasó el pergamino con los ojos muy abiertos.

—¿Esto es Baiasca? —se cercioró. Hice un gesto afirmativo—. ¿Qué significa exactamente *Eleuzerosze*?

—No te lo debería decir. Incumpliste tu promesa de practicar durante el viaje.

—¿Queda libre? —tanteó.

—Aproximadamente. Un purista lo traduciría por «ha sido liberada». Ya te explicaré con más calma las sutilezas del tiempo aoristo.

La cémpsica reaccionó muy lentamente, como una estrella de mar tanteando si se ha retirado la marea. Primero asió el escrito. A continuación lo releyó una vez más.

Y de golpe, como si algo cortase la cuerda de una catapulta interna, se arrojó sobre mi pecho. La recibí con sorpresa, mientras ella me abrazaba con la fuerza de quien comprueba la resistencia de un material. Después recuperé la iniciativa y respondí jubilosamente al apretón. Así permanecimos, recortados contra las llamaradas púrpuras del horizonte e inmóviles como si el gran Lisímaco se dispusiese a inmortalizar la imagen con su pincel.

Una voz sonó tras la cémpsica.

—Si esta escena llega a representarse en el teatro de Pompeya, los silbidos se habrían escuchado en el Vesubio —aseveró la aigmalótida de antes.

Baiasca había apoyado su cabeza en mi clavícula, sin disminuir la intensidad del abrazo. Cuando lo deshiciéramos, emprenderíamos el larguísimo viaje hacia la tierra de los cémpsicos; ella quedaría allí, prodigando sus mieles a un Anx algo menos pelón y armado de su primer diente, y yo regresaría junto a mi tío Alcímenes, nuestros atribulados clientes y los incorregibles criminales de la Urbe. ¿Seguro? Tal vez la sibila de Delfos, sentada sobre la piedra umbilical del mundo, conociera la respuesta. Por el momento, guiñé un ojo a nuestra censora y apreté un poco más fuerte.

Diseño: Norbert Denkel
Ilustración: Julio Vivas

Círculo de Lectores, S.A.
Valencia, 344, 08009 Barcelona
3 5 7 9 3 9 0 4 8 6 4

Depósito legal: B. 4616-1993
Fotocomposición: gama, s.l., Barcelona
Impresión y encuadernación: Printer industria gráfica, s.a.
N. II, Cuatro caminos s/n, 08620 Sant Vicenç dels Horts
Barcelona, 1993. Printed in Spain
ISBN 84-226-4478-9
N.° 28357